柚木麻子

あいにく
あんたの
ためじゃない

新潮社

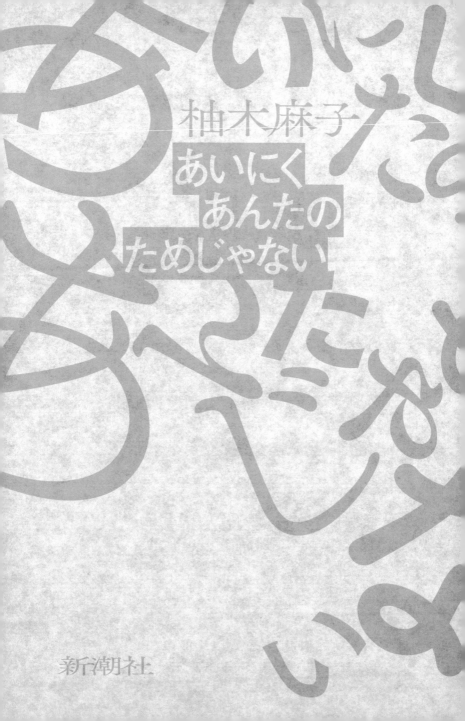

柚木麻子

あいにく
あんたの
ためじゃない

新潮社

目次

装画・挿画　ＯＮＯ－ＣＨＡＮ

あいにくあんたのためじゃない

めんや　評論家おことわり

全方位型淡麗大航海時代の幕を切ったと言われる、今年で創業五十年「中華そば　のぞみ」は、かつて家系ラーメン激戦区だった三軒茶屋駅南口から歩いて十五分の場所にある。商品は看板メニューの中華そばと餃子、ライスのみ。しかし、仏ミシュラン二つ星を獲得した二年前から行列は絶えず、それはランチタイムから閉店二十一時まで途切れることがない。

創業当時からの暖簾《のれん》は色褪せ、かろうじて「のぞみ」の文字が読み取れる程度。木枠に磨りガラスをはめ込んだ引き戸は歴史を感じさせる風合いを醸し出しているが、店内に一歩足を踏み入れると、二〇二三年という時代がそこかしこに反映されている。建築家・片山朝陽《かたやまあさひ》氏の意匠による、モールテックス施工の艶消ししたダークグレーで統一された和モダンな内装は徹底したバリアフリー。おむつ交換台完備、オールジェンダートイレの導入は業界いち早い。

店舗面積二十坪の店内には、家族で座れるテーブル席が四卓、ベビーチェアはもちろん、車椅子対応のローカウンターも完備され、いまだおさまらぬコロナ感染症対策として、一分に一回の換気設備も万全だ。

五年前の改装を機に、専用駐車場も併設され、遠方からのファンは嬉しいかぎり。外国人観光客への英語での丁寧な接客は、ニューヨーク・タイムズのグルメ評でも絶賛されている。

なんといってもその人気の秘密は、数種類の地鶏によるボディにカツオベースの魚介を合わせた無化調の超クリアスープにある。たゆたう黄色の麺に、トッピングはナルト、煮卵、チャーシュー、メンマ、ネギ。ややオーソドックスすぎるビジュアルながらも、突き抜けた王道の徹底ぶりは、むしろ、若い女性に「エモい」と評判で、著名人のインスタ投稿をきっかけに新たな世代のファン層を得た。

淡麗なスープに絡みやすい、ウェーブの細かな自家製中細ちぢれたまご麺はコシ、喉をすべっていく滑らかさともに申し分なく、一本一本の芯が光り、厳選された小麦粉に微配合された全粒粉の香ばしさ、後味に柚子の皮がかすかに香る。身体が疲れていても最後の一滴まで飲み干せる、滋養たっぷりの穏やかな味わいは決して胃にもたれることがない。

しかし、国内ラーメン通ばかりか海外ファンをも唸らせるのは、一見して「丸い味」の先にある、天界の迷路に迷いこんだような、複雑な旨味と凄みのあるコク、最初は調和がとれているかに感じられるそれぞれの素材の尖り方だ。淡麗系の味わいでありながら、中毒性が高く、必ずもう一度食べたい、と思わせるスープの秘密については日々、ネットで論争が繰り広げられている。

業界では珍しい二代に亘る女性店主、柄本《えもと》希《のぞみ》氏はこう語る。

「刻一刻とお客様の好みは変わりますから、先代の母から受けついだレシピをベースに、研究や食べ歩きを重ね、私どもも勉強中で、ほぼ毎日、配合を微妙に変えています。例えば、現在はホタテですが干し牡蠣を導入していた時期もあるんですよ。スープの透明度を優先したくて、鶏だけにこだわった時期もありますが、数年前から豚ゲンコツも足しています。一晩低温熟成させて脂を取り除くのもポイントです。小さなお子様も多いので、意識しているのは『嫌味にならない甘み』ですね。下仁田《しもにた》ネギとフランス産ポロネギを併用したり、どちらか一方にしていたこともありますが、そこから玉ねぎに切り替え、林檎を足したあたりで、我々の方向性は決まりました。ブランド品には極力頼らないようにしています。『全方位型淡麗』と呼んでいただけているのはありがたいのですが、一番気をつけているのは、単調にならないこと。全方位型であるほど、驚きと仕掛けは必ず重要です。チャーシューも流行《はや》りの低温調理法に切り替えていた時期もあります」

あくまでも謙虚な「のぞみ」だが、その強みは先代からのファンやマニアも惹きつけた上で、家族連れやライトなファン層を取り込んだ点だ。現在は、健康志向のニーズに応えるため、ふすまを使用したローカーボ麺の開発にも意欲を燃やしている。その姿勢は柄本氏の時代を見据える力による。

「私どもの願いは、一人でも多くのお客様に、ああ、美味しかった、ああ、いい時間が過ごせた、と感じていただくことにあります。女性一人のお客様も入りやすい清潔で安全な店づくりをまず、第一に心がけております。コロナウイルスの感染拡大もまだおさまらず、物価高が止まらない今、せっかく外食していただけるのですから、小さなお子様連れの方、障害がある方、ジェンダーアイデンティティや外見を理由にこれまで外食で不快な思いをされたことがある方、ご高齢の方にも是非楽しんでいただきたい。お店では何より、ほかのお客様へのご配慮を第一にお願いしたいですね。ラーメンの麺やスープを残す、残さない、すすり方、注文方法は私どもにはどうでもいいことです。どなたも思い立ったらすぐに万全の体調で気軽に外食ができる方ばかりとは限りません。時間を作り出したり、節約したり、そうしてやっと席に座れた、という方も大勢いらっしゃいますから」

必ずぶつけられるであろう「ラーメン評論家の入店おことわり」の噂について水を向けると、柄本氏はさらりとこうかわす。

「こちらとしては余程のことがないかぎり、入店おことわり、ということはしないんですよ。ごく一部の、周りのお客様の迷惑になる方にのみ、退店をお願いしています。はっきり申し上げますと、他のお客様を勝手に撮影しネットにあげること、不必要な声がけ、店員へのセクシャルハラスメントや調理接客が滞るほどの質疑といった行為を、私どもが認識する範囲内ですが、これまでされてきた方はNGとさせていただいております。目の前でそういった行為があった場合も同様に退店をお願いしています。そういった方々が、たまたま、著名なラーメン愛好家や評論家であったことが多い、というだけなので、どんな方にも来ていただきたいですし、厳しいご意見も、私どもはありがたく受け止めるつもりです」

愛好家のマナーに静かに釘を刺すことも忘れない。変わり続ける「のぞみ」であるが、今変わるべきは、我々愛好家側の意識なのかもしれない。

春には、ビーガン対応のオール植物性素材にこだわった「ネオ中華そば」が新メニューに加わるとのこと。変わり続ける「中華そば　のぞみ」からますます目が離せない。

ライター　原田《はらだ》萌実《もえみ》

この某ラーメン情報誌の紹介記事が某ニュースサイトに転載されてから十一時間が経つ。ここで批判されてるの佐橋《さはし》ラー油のことじゃね？　というコメントが跡を絶たず、佐橋は何もしていないにもかかわらずプチ炎上し、再び「のぞみ」に向き合わざるを得なくなった。

Uber Eatsで頼んだ、下北沢にオープンしたばかりのマカロン餅ドーナツ専門店の看板メニューを三口だけ食べて、残りはゴミ箱にぶちまけ、ところどころに食べ染みのあるソファにごろりと寝そべった。年明けの人間ドックの結果を受け、最近では人目がないところに限り、取材で完食しないように心がけている。

マンションの真下を世田谷線が通過していく。世田谷ボロ市で通りは朝から爆発するように賑わっていて、屋台飯の匂いもぷんとここまで漂ってくる。

どうしても外に出ていきたい気持ちにはならなかった。

ラーメンの仕事が激減しているせいで、B級グルメや映画、スポーツ、ついにはスウィーツまで依頼があればなんでも書くようにしているが、佐橋はラーメン以外にほぼ知識がないため、次につながらなかった。四十五歳になる今、新しく始められる仕事もない。実家は練馬区にあるものの、帰りづらかった。妹夫婦が母亡きあと、父の介護を共働きの傍ら続けていて、大きな顔で威圧してくるせいだ。

これまで八冊本を出している。一時期はふくよかな体型に非モテ独身自虐キャラがマスコットみたいで可愛い、ともてはやされ、地上波でレギュラー番組を持ち、街でサインを求められることも多かった。ＳＮＳで自分のファンだと名乗る若い女性たちを見つけては、自らせっせとＤＭを送り、それをきっかけにして立て続けに交際もしていた。雲行きが怪しくなったのは、この「のぞみ」が頻繁にメディアで取り上げられるようになってからだ。

二年前、ミシュランの星獲得の報を聞き、お祝いついでに久しぶりに「のぞみ」を訪れたら、手首に豚のタトゥーが入った、うでっぷしの強そうなアスリート風の店員に「お引き取りください」とすごい目で追い返された。二度目もそうだった。理由はわからなかったが、デビュー当時から親しくしている愛好家の男たちのコミュニティでも、そういった追い払われ方をされている者がけっこう居て、自分だけじゃないんだ、とほっとした。排除された仲間たちとネット上で「のぞみ」批判を盛大に繰り広げ、むしろ結束は強まった。

最初「のぞみ」はラーメン評論家を店から締め出している、厳しい意見を恐れる腰抜け、男性差別、という批判の声が多かった。しかし、またたく間に、佐橋と仲間たちの過去ブログやTwitterでのやりとりが槍玉にあがるようになった。

当時は「ラーメン武士」の名で活動していたが、もう十年も前のことだ。情報誌の編集者とブロガー、二足のわらじだった頃の、毒が強めのブログは反省の意も込めて、最初の本が出るタイミングで削除している。ところが、魚拓をとっていた連中が得意満面にその内容を公開したため、いつの間にか、佐橋らは入店拒否されて当たり前という風向きに変わっていった。連載やテレビ、ラジオのレギュラーが次々に打ち切られた。「のぞみ」に追随する形で、門前払いをくわせる二郎系、家系の有名店が現れ始めた。その上、「のぞみ」ファンを公言する新参の評論家や

YouTuberがその味わいを饒舌に語るようになり、ますます肩身は狭くなっていく。そうなると、面白いように人が離れていった。

やがて、仲間たちまで裏切り始めた。それぞれがTwitterやブログで、過去の「迷惑行為」を認める形で、謝罪したのだ。彼らを問い詰めたところ、謝罪文を出してすぐに、「のぞみ」から仕事関係者を通じてコンタクトがあったらしい。彼らは入店を許されるようになり、今ではすっかり「のぞみ」絶賛側に回っている。「ラー油さんも、意地はらずに早く謝っちゃえばいいのに」と、呆れた顔でさとされる始末だ。もはや「のぞみ」は絶対王政を築きつつあった。噂では、来年、アメリカNetflix制作の密着ドキュメンタリーが世界公開されるという。

世田谷線は今日、ボロ市のために臨時ダイヤで運行しているようだ。いつもと停車、発車の間隔が微妙に違う。正月以降ずっと家に引きこもってごろごろしているので、佐橋の身体はそうしたささいな変化に敏感になっていた。

SNSなんて関心ありません、という顔をして、「のぞみ」はしっかり、佐橋らの動向を見張っているし、ネットの時流を読むセンスも高いではないか？　やれやれ、仕事そっちのけでSNSの人気とりにかまけてばかりいるなんて、職人としてはどうかと思いますよ？　と、佐橋はスマホでもう一度、記事の最後に添えられた、にこりともしない、鶏ガラみたいに痩せた五十代の女の画像を見遣った。

化粧気のない乾いた浅黒い肌と目尻に刻まれた皺のせいで、年よりずっと老けて見える。すっかりばあさんだ。おまけに先代にはあった、包容力みたいなものが、とげとげしい目つきや、硬い口元には微塵もない。昔はまだすこしは見られる見た目だったのに——。

執念深さにぞっとさせられる。この女のラーメンを食べたのは今から約十五年前、その母親が亡くなったばかりの頃だった。そういえば、先代の時から、佐橋は「のぞみ」を割と買っていたのだ。当時はまだ注目している同業者は少なかったから、やはり自分には先見の明がある、とつくづく思う。「おしゃれタウンで愛される懐かし系おふくろ風味のほっこり中華そば」として何度かブログで取り上げただけではなく、「部活帰りに友達の家で、お母さんがチャチャッと作ってくれた醬油ラーメンを思わせる、愛情たっぷりの手作りの味。郷愁の味わいに毒舌ラーメン武士も涙がにじみそう」として長文で褒め称えたはずだ。

木目調のいなたい雰囲気の店内を一人で回す柄本希は、先代の良さをまるで受け継いでいなかった。接客はつっけんどん、笑顔はとぼしく、挨拶は小さい上、こちらの食欲が減退するほど、顔色が悪かった。ラーメンを差し出す手の指先は水気がなく、爪には干し貝柱のような今にも割れそうな筋が何本も入っていた。柄本希のためを思って、カウンター越しにそこを指摘した。ただし、麵もスープも個性はややとぼしいものの、すでに一定のレベルをクリアしてはいた。佐橋はブログで二代目「のぞみ」の悪い点を綴ったが、ちゃんと評価もしたはずだ。なのに、たったそれだけのことをまだ根にもっているのだ。最近の、批評に耐えきれない職人たちのメンタルの弱さには辟易する。

口の中に、まだマカロン餅ドーナツの脂っこさが残っている。

バッシングされるようになってから、ずっと胃が痛い。何を食べてもものの味がしない。あっさりした汁物なら喉を通りそうだが、自分で作る気はない。歴代の彼女たちを呼び出そうとしても、全員からブロックされていた。昔から、佐橋は台所には立たない主義だった。それは職人への敬意からだ。同業者の中には、自らラーメンを手作りする者がいるが、それは文芸評論家が小説を書く、映画評論家が自主映画を撮るようなものだと軽蔑している。記事に添えられた「のぞみ」看板商品である中華そばの写真に、気づけば見入っていた。

こんなスープなら、飲めるかもしれないな。

見れば見るほど、美しい、黄金色だった。ここまで澄ませるには、鶏ガラが鍋の中でほとんど動かないよう、つきっきりで見守っていなくてはならない。丸い味ながらも、奥行きが複雑で食べ飽きないともっぱらの評判だが、たくさんの素材をこんなに淡く、透明にまとめるとはどんな技術を持っているのだろう。とめどなく溢れ出る好奇心を慌てて打ち消す。

「のぞみ」の味を知らない、というのは現在、日本でラーメン愛好家の看板を掲げて活動する上で、致命傷といっていいハンデだった。そういえば、つい最近出たばかりの、替《か》え玉太郎《だまたろう》のラーメンガイドの表紙はよりにもよって、有名写真家の手による「のぞみ」の芸術品のような中華そばである。Amazon の新刊一覧で書影を見たとき、自分に対する当てつけではないか、と佐橋は憤った。

佐橋を批判するときにネット民が必ず引き合いに出して褒め称えるのが、この替え玉太郎である。このネット記事のコメント欄でさえ、その名がちらほら見受けられるほどだ。替え玉太郎はその名に似合わず、すらりとした薄い体型にすべすべの毛穴一つない白い肌、甘い顔立ちにぽきりと折れてしまいそうな細く長い首、髪と目は明るい茶色で、張りのある白いTシャツとブランドものの赤いキャップが目印の人気YouTuberだ。三十代ぐらいのはずだが、もっと若く見える。ラーメンをすする顔が女こどもに「かわいい」「おいしそう」と評判で、彼が紹介した店は翌日必ず満員になる。しかし、何を食べても「うまいッス！」とダブルピースをして顔をくしゃくしゃにして微笑むくらいしか表現手段を持たないので、佐橋やその仲間たちは彼を軽蔑している。だいたい、替え玉していない時もけっこうある。

うまいものを食べて「うまい」としか言えないような評論家は評論家とは呼べない。それはラーメン武士時代から、佐橋が繰り返し書いていることだ。言語化できない複雑な旨味や素人には気づかない美点をキャッチして文章にすることが、評論家の役目ではないか。そうやって廃れていきそうな、そうかと思うと大衆化しすぎてしまうラーメン文化を守り、つなぎ、そして新たなファン層を獲得していくこと。そのためには、時に憎まれ役を担うはめになったとしても構わない。それは佐橋の使命であり、人生の矜持だった。

佐橋はパソコンを立ち上げ、しばらくの間、さめざめと泣いた。涙が乾いた頃、ティッシュで鼻をかんだ。そして、noteを更新した旨をTwitterに投稿した。

「佐橋ラー油は、二〇〇三年から二〇一三年まで更新していた自身のブログ『辛口ぶった斬りラーメン武士が行く！』でラーメン店の店員さんやお客さんの写真を、本人に許可なく撮影し、コメント付きで勝手にアップしてしまったことを、この場を借りて、謝罪します。

アカウントはすでに削除し、今はもうそのブログは見られなくなっていますが、画像の多くは今もネットに出回っている、と知人に聞きました。傷つけてしまったみなさん、本当に、本当に申し訳ありません。

あの頃の僕はどうかしていました。勤めていた会社での人間関係もうまくいかず、失恋もして女性が怖くなっていて、心身が壊れかけていた。ラーメンだけが心の救いだった。

僕はあの頃、僕の愛するラーメン文化が廃れてしまうことが恐ろしくて仕方がなかった。コミュ障気味の少年だった僕は、大学一年生の時に、美味しいつけ麺に出会い、世界が変わりました。もっと美味しい麺を、もっと美味しいスープを求めて、食べ歩くうちに、仲間に出会いました。一人でも多くの人にラーメンの魅力を知って欲しくなりました。日本にしかない、この特殊な、大切な様式美を守り、継承していきたかった。そのためには自分が悪者になっても構わなかった。それが評論家としての筋の通し方で、僕に出来るたった一つの正しい戦い方だった。その一心で、悪気なくやってしまったことです。

本当に、本当に、ごめんなさい」

十回以上は読み返したにもかかわらず、このnoteも、またもや炎上した。ラーメン愛好家仲間までまったく擁護してくれなかった。認めなければよかった、と目の前から光が消えていく。

一つでいいから佐橋ラー油擁護を見つけたくて、エゴサーチする手が止まらない。いつの間にか辺りは暗くなっていて、ボロ市の屋台は次々に解体されていく。結局、佐橋は丸二十四時間、ネットに張り付き続け、自分への罵詈雑言をただただ眺めるはめになった。

あの男から初めての連絡が届いたのは真夜中だった。いつもなら無視するところだが、今の佐橋にはたった一人の味方が、本当にありがたかった。

「替え玉太郎です。初めてＤＭします。つねづね佐橋ラー油さんの文章が好きで、ラー油さんの筋が通った主張は、ぼくの目標でもありました。謝罪 note 素晴らしかったです。すごく勇気がある発言だと思います。ぼく、『のぞみ』さんと親しいんですが、よければ、ご店主にこの note のこと伝えておきましょうか？」

「『のぞみ』さん、謝罪文、読まれたそうです。ラー油さんの気持ち、しかと受け止めたとのこと。これからはいつでもご来店ください、死んだ母も喜びます、だそうです。よかったですね。来店する日にちと時間を伝えてくれたら、必ず席を空けておくそうですよ。さしつかえなければ、ぼくもご一緒したいです、一度ご挨拶したいと思っていたし。いつ行きましょうか？」

それは佐橋にとって五日ぶりの外出であった。

閉店まで行列は途切れない、と例の記事にはあったが、佐橋がたどり着いた二十時半、三軒茶屋駅から割と歩く「のぞみ」は、意外なくらいに空いていた。入店するなり、例の豚のタトゥーを入れた強面《こわもて》の店員がつかつかとこちらにやってきた。咄嗟に殴られるかと身構えたが、佐橋の真横を通り過ぎ、すぐに「営業中」の看板を裏返し、暖簾を外したから、自分のために客の入りを制限しているのかもしれない。

外観や入り口の雰囲気は昔のままだが、一歩入るなり、しんと静かな質感に包まれた。建物全体が、すべすべした硯《すずり》のような素材でできていて、照明の具合は落ち着いている。天井からアルミ製の笠付きランプがいくつも吊り下げられていて、客のもとに運ばれてきたラーメンや足元だけが照らし出される仕組みになっていた。これが流行りなんだろうが、なんか冷たい感じがする。古びた木目の店内が好きだっただけに、さっそく嫌な気持ちになった。メニューが絞られたせいか、以前はあった古い券売機まで消えていた。

カウンターの中で黒い作業着姿で働くのは店主の柄本希。こちらをちらっと見るなり、すぐに手元に視線を戻す。すでに明日の仕込みが始まっているのか、鶏ガラらしきものを出刃包丁でたき切っている最中のようだ。てっきり、こちらまで来て握手を求めるくらいのことはすると思っていたので、拍子抜けしてしまう。面と向かっての謝罪を覚悟していたが、そういったことを求められるわけでもなさそうだ。

カウンター席ではパーマっ気のある髪のサラリーマン風の男が一人、静かに麺をすすっている。彼から二席ほど離れた角の席には、あの替え玉太郎が座っていた。目が合ったので、佐橋はすぐに会釈をしたが、彼は何故かこちらを一瞥したきりで、無言のまま頬杖をつき、ただ目線を落としている。メディアで見る印象と違い、笑顔も愛嬌もない。白いTシャツ姿の男なんていくらでもいるし、全体的に薄暗い店だから、人違いかもしれない、と思い直した。

店員に誘導されるままに、テーブル席に腰を下ろした。隣のテーブル席には有名私立中学の制服を着た小柄な女の子と、その母親らしき中年女が向かい合って座って、こちらもやはり中華そばを食べている。母親の方はこちらに背中を向ける形である。高級そうなツイードのジャケットによく手入れされた茶色の髪。傍に置いてある大きなバッグはブランドものだ。

やれやれ、と佐橋は顔に出さないようにして思う。時代は変わった。母娘がこんな遅くに外食、それもラーメン。暮らしにゆとりがあるなら、せめてファミレスを選ぶくらいのわきまえ方をしてもらいたいものだ。

「いらっしゃいませ」と水を運んできたのは、ベリーショートに鼻ピアスを光らせた、もう一人の店員だ。あまり若くないし化粧気もないが、色白で黒子《ほくろ》が多いところは好みだ。声も低いし、このままじゃなんだか男みたいだから、髪を長く伸ばし、ちゃんと化粧をしてスカートを穿いたら、どうだろうか。

柄本の厳しい視線に気付いて、佐橋は慌てて店員の身体から目を離し、「中華そば、ひとつ」と小さな声で言った。ベリーショートの店員はデニムの尻を左右に振って去っていった。

ちょっと見ただけで、ペナルティかよ。なんて息苦しい店なんだ、とげんなりした。昔の「のぞみ」は違った。先代の柄本望《のぞみ》はふっくら体型で色白、細かな皺が柔らかな印象だった。酔って入ってきても、あたたかく迎え入れてくれた。まるで母親の待つ実家に帰ってきたようなくつろぎがあった。だいたい、こんなに厳しく見張られている中じゃ、味なんてまともにするわけがない。日々新しいマナーが勝手に更新され、それに乗れないものは容赦なく排斥される。そんな息苦しい昨今の風潮がこの聖域にまでついになだれ込んできたのか。そういったことから解放された豊かな文化を形作ってくれるから、佐橋はラーメンが大好きだったのに。

　ベリーショートの店員がカウンター越しに佐橋からの注文を告げるなり、柄本希がいきなり、手を一回、大きく叩いた。

「佐橋ラー油さんから、中華そば、ひとつ、ご注文いただきました」

　それをきっかけに店にいた中学生の母親を除く全員が、一斉にこちらを見た。替え玉太郎か、と思っていたあの男、正面から見るとやはり本人だった。

「いらっしゃいませ！　ようこそ『中華そば　のぞみ』へ！」

　と、それぞれが声を張り上げて叫ぶ。なんだこれ、フラッシュモブとかいうやつか、と佐橋は狼狽《うろた》えた。もしかして自分を歓迎するためのサプライズかと思いきや、その顔は誰一人として笑っていないのだった。

「佐橋ラー油さん。私がこれから中華そばを作り始める前に、周りにいる皆さんをよく見ていただけますか」

　柄本希は静かだが圧のある口調で言った。

　母親を除く店中の人間が、手を止め、自分に射るような視線を向けている。何が起きているのかよくわからず、佐橋はたじろいだ。

「テメエ、マジでなんも、覚えてないのな？　ふっざけんなよ！」

声がした方を見ると、替え玉太郎が厳しい目で中腰になり、こちらを睨みつけている。中学生の娘がふいに椅子からプリーツスカートの襞をさらりとこぼして、スマホを向けた。佐橋はとっさに顔を隠した。

「客の許可のない撮影をしたら、退店させるんじゃなかったのか……？」

そう問い質しても、柄本も店員二人も、肩をかすかに揺らして笑うばかりだ。

「ご心配なく。お店全体を撮影しているだけで、おじさんだけを撮ってるわけじゃないんで。自意識過剰じゃないですか？」

いかにも生意気そうな口調で中学生は言い放つ。

「勝手に撮影される気持ち、これで少しはわかった？　あ？」

と、ベリーショートの店員が唇の端を曲げ、低い声で凄んだ。

「本当に何も覚えてないんですね。あなたのせいで、僕は仕事を辞めたのに」

サラリーマン風の背広の男までが青い顔で声を震わせている。とっさに入り口を見たら、先ほどの用心棒みたいな店員が、立ちふさがって腕組みをしていた。冷たい汗が背中を伝う。

「ねえ、おじさん、私たちの顔をさあ、一人一人、よーく見てみなよ？」

と、中学生がこちらまでやってきてしゃがみこむと、下からぐっと佐橋を覗き込んできた。まん丸な目が黒々と濡れていて、暗い灰色で統一された店全体がそこに映りこんでいる。ずっと黙って背を向けていたその母親が、ようやく振り向き、目を見開いて、にっこりした。

「どうしてわからないんですか。私たち全員、すごく『有名』じゃないですか？」

店中の七人がこっちへ焦がすような視線を向けている。その一人一人の顔を見返して、佐橋は「あ」と叫び、手元のコップを倒した。艶消ししたマットな質感の石の床に水滴が落ち、玉の形で跳ね返されていく。

赤山美香《あかやまみか》が高校卒業後、池袋駅西口から歩いて五分の豚骨ラーメンの有名店で働いていたのは、二〇一〇年頃。まだXジェンダーという言葉を、自分も周囲も知らなかった。あの頃はバイトの履歴書の性別欄はとりあえず女に丸をつけていたものの、本心ではどうしてもしっくりこなくて、自分は悪くないにもかかわらず、いつも雇い主や同僚を騙しているような気持ちになった。

中学一年の頃から女子の制服を着ると落ちつかなかった。どちらかというと男子の制服の方が落ち着くようには思うが、それが本当に着たいかというと違う気もする。とても消極的な、スカートよりかは、という感じだった。学生時代はもちろん現在もなお、誰かに恋することはない。でも、その分、やるべきことに集中できたと思う。責任感が強く、はしゃぐタイプではないがどんな行事もひとしれず楽しむタイプの美香は、男女問わず信頼され、総じて充実した学生時代だった。

両親は若く、裕福とは言えない団地暮らしだったけど、妹ともども愛されて育った。美香という名前はいかにも女の子だが、母親から名前に込めた気持ちを妹と一緒に聞いてから、気に入っている。髪が短くがっしり体型で、小さいブラジャーで胸をぎゅっと押さえつけていたため、よく男だと思われたが、それを揶揄してくるのは話したこともない連中ばかりなので、気にならなかった。

背が高く手足も長く、体力に恵まれた美香は女子サッカー部の活動に夢中だった。ただ、仲間たちと同じ性別か、と問われれば自信がないので、トイレや更衣室はなるべくみんなが居ない時を狙って、使うようにしていた。コーチには推薦で体育大学に進むように言われたが、本格的にスポーツに打ち込むようになれば、きっと性別は常に明らかにしなければならなくなるだろう、とその時は判断した。

だから高校卒業後は、将来の仕事に結びつけば、と西武池袋線で都内に通い、あらゆるバイトを経験した。どこでも重宝されたが結局、裏方のコツコツした仕事は体を存分に動かしたい性分に合わなかった。接客だとウェイトレスだったりウェイターだったりと性別に準じた役割を求められることが多く、居心地が悪くなる。職場を一つ去るたびに、自分に向いている場所の輪郭がだんだんと浮かび上がるようになった。

――なるべく忙しいところ。従業員の人数が少ないところ。制服はブカブカの作務衣《さむえ》。力仕事が必要なところ。明確な更衣室はなくてトイレは一つのところ。つまり、カウンターだけの坪数が少ない人気ラーメン店がベスト。

美香は妹にそう語った。妹にだけは昔から自分の違和感を打ち明けることが出来た。妹は美香にわかりやすさを求めず、まとまらない話をただ、うんうんと聞いてくれる。

なにより、美香は小さい頃からラーメンが大好きだった。いわゆる名店の味をその時はまだ知らなかったが、家族で週末に出かけるフードコートで食べる、こってりした豚骨スープとガシガシ硬い細麵、それに水気少なめのご飯を添えて食べるのが好物だった。

実際、豚骨醬油ラーメンの硬派系名店「めん屋　足穂《たるほ》」にひっきりなしにやってくる男性客たちは、美香に見向きもしなかった。ほとんどが一人でやってきてこちらと目を合わさずに食券を差し出し、山吹色のクリーミーなスープから硬い細麵を競うようにすくい上げ、丼を抱えて飲み干すなり、一言も発さずさっさと店を立ち去る。接客は好きだが、仕事とまったく関係ない話をされると、いつも何も言えなくなってしまうので、それも助かった。

客たちにある一定のリズムと秩序があるのは、店長の荘厳なオーラのおかげだと美香は思っている。六十代の男性店長・森《もり》さんは決して従業員を怒鳴ったり、こうあれ、と示すことはないが、素早く無駄のない動きを求めた。それは厳しいというより、彼の納得するクオリティの一杯を注文から三分以内で客に出すためだ、と美香はすぐに気付いた。ピーク時はあまりにも忙しいので、美香よりずっと年上の店員たちが何度も注文を取り間違え、店長の無言の一瞥に耐え切れず、次々に辞めていった。

そんなわけで働き始めてすぐに、美香が一番の古株となった。店長の言葉の少なさが、美香にはむしろ心地よかった。「足穂」ではただの赤山美香でいられた。なにより、まかないのチャーシュー温玉丼や餃子はもちろん、ラーメンが楽しみで仕方ない。フードコートの味とは根本からして違う。ただのこってりで終わらない、丁寧に重なっている野菜や煮干しの香りが爽やかでさえあり、極限まで硬い麺も、攻撃的というより、香ばしくて歯切れがよく、どこを切り取っても飽きるということがないのだった。

　ある日の昼休憩、

「スープの仕込み、明日から手伝えるか？」

と店長に短く告げられた。美香は大きくうなずいた。そのせいで、柄にもなく、接客中に口元をにまにまさせていたために、あの男に目をつけられてしまったのだ。食券を受け取った時から、あの男の態度にはどこか妙なところがあった。

「ねえ、君、男なの？　女なの？」

　カウンター越しにラーメン丼を置いた時、唐突にそう問われた。適当にあしらえなかったのは、なんでなんだろう。不意打ちをくらい、美香は硬直してしまった。

「男なの？　女なの？　ねえ、どっちなの？　いや、どっちにも見えるんだけど？」

　男はごく気軽な調子を装ってはいるが、しつこく食い下がった。何か言わなければ。たった今、大勢の男が見ている前で、美香は、自分のあいまいさを明快に説明しなければならなくなった。妹にだってとりとめのない調子でしか話せないのに。どうしよう、言葉が口からでてこない。常連たちまでが、ちらちらと自分の胸のあたりを見ている。頭が真っ白になった。普段は食欲を刺激してくる、豚骨の強い匂いで立ちくらみしそうになる。

「どっちか、ちゃんと教えてくれないとさ、味に集中できないんだよねー？　みんなもそうじゃないの？　気になる人もいるんじゃないの？」

「お客さん、悪いけど、店員に絡むのはやめてくんないかな？　お代は返すから、出て行ってくれ」

店長がぴしゃりと遮ってくれたおかげで、他の客たちも、ようやくいつもの、何が起きても食事最優先の軍隊のようなトーンを取り戻した。店中から冷たい視線を浴び、男は急にへらへらし始めて去って行った。

しかし、後日、その男は有名なブロガー「ラーメン武士」だと判明する。最新の記事では「足穂」の暴力的な威圧系接客にドン引き、ハードボイルドは味だけにしろ、と店長がおもしろおかしくこき下ろされていた。それだけではなく美香を隠し撮りした写真まで貼られていた。そこに添えられた言葉は、性別を明らかにしない美香は、ずるくて卑怯で、人を不安にさせる存在だと糾弾するものだった。

それからしばらくして、美香は自ら店をやめた。店長は不器用な熱心さで引き止めてくれたけど、彼にも迷惑をかけてしまったし、もう働き続けられる気がしなかった。あれ以来、客たちが自分の身体や顔をじっと見ている気がしてならない。親も妹も何も言わなかったが、おそらくネット上で美香の写真が出回っていることをうすうす知っていたのだろうと思う。新しいバイトを探さなくても何も言わなかった。

誰かに声をかけられ、また同じ質問をぶつけられそうで、しばらくは外出もできなかった。二ヶ月半してようやく、ぶかぶかのトレーナーにキャップを被り、日が落ちてからであれば、恐る恐る街に出られるようになった。その夜は、渋谷でレイトショーを観たら終電を逃してしまい、ネットカフェで始発まで時間を潰そうとしていた。すると、かつて大好きだった、フードコートに入っていた博多系豚骨チェーンのロゴが目に入った。森さんの作るような個性やキレはないけれど、リーチが広い、まろやかでシチューめいた甘味の強い白濁スープ。暖簾をくぐりながら、あんな目に遭ってもなお、ラーメンが好きだ、と自覚した。食券を買い、カウンターの隅にある、できるだけ目立たない席に腰を下ろす。

「あのう、ごめんなさい。隣、いいですか」

自分と似たようなパーカー姿で、キャップからつるつるしたポニーテールを逃した、同い年くらいの子が立っていた。実を言うと、さっき入店した時から、ずっと視線を感じていたのだ。

「私、佐渡恵《さわたりめぐみ》っていいます」

と、その人は唐突に名乗った。ここから歩いて数分の大学の三年生だと言い、怪しいものではない、と素早く学生証を見せてくれた。断りなく隣に座ると、美香と同じように、食券をカウンターに載せる。

「私、ネットであなたの画像を見ました」

それを聞いて、すぐに逃げようとしたが、恵さんは閉まりかけの電車のドアに滑り込む勢いでまくしたてた。

「ねえ、誤解しないで。私も同じだから。ラーメン武士に勝手に写真、撮られたんです」

その整った顔だちや目尻が優しげな大きな瞳をまじまじ見ているうちに、美香は恵さんが誰だかわかった。「日本一可愛い超巨乳ラーメン屋店員」として、ラーメン武士のブログで写真が紹介されていた人だ。ラーメン武士のブログなんて絶対読まないが、あまりにも話題になっていたため、ついうっかり見てしまった。正面からの顔だちを咄嗟に思い出せなかったのは、何故か胸の真下から、その張り出した高さを強調するように撮られていたせいだ。美香のものと同時に出されたラーメンを前に、恵さんは割り箸を割る。紅ショウガをどっさり入れながら、こう続けた。

「あれ、撮影に同意しているように見られちゃって、勘違い変態女とか、ネットですごい叩かれたんですよね。それだけじゃなく、ストーカーみたいなのが何人も店に詰め掛けた。店長に相談したら、お店にはいい宣伝になったし、君も外見を褒められたんだから、いいじゃないかって、笑って取り合ってくれなくて。だから、店はもうやめた」

恵さんは唇をすぼめ、溶け出した紅ショウガでピンク色に染まったスープがからんだ麺をズズッとすすりあげた。

「あの写真、許可なく撮られたの？」

美香も割り箸を割ったものの、さっと食欲が失せていく。

「うん、あいつさ、店員さん、ラーメンと一緒に写ってくださいよって声かけてきたの。ラーメンがメインの写真だと思って、うっかり愛想笑いしちゃったんだよね。好きだったんだ。私が働いていた、五反田の横浜家系ラーメン。あの日はさ、私が海苔をぐるっと丼に飾らせてもらった記念日だったんだよね」

食べなよ、という風に恵さんに大きな瞳で促され、美香はようやく麺を少しだけ口にした。そうするとやはり、だんだんと食欲が戻ってくる。替え玉お願いします、と恵さんはごく普通の調子で、カウンターの中に向かって言った。

本格的に麺をすすり始める前に、美香はどうしてもこれだけは吐き出しておきたかった。

「あのね。私、昔から、どっちの性別もピンとこないんだ。だから、性別が関係ない場所で働けたらいいなってずっと思ってた。それをまだ上手く説明できない」

妹以外に、初めてこの話をした。こうしていても、カウンターの奥の店主やアルバイト、客の目が気になる。あの時と同じように、舌がもつれる。それでも、恵さんがまるで周囲からかばうように身を乗り出し、目の前の壁になってくれるおかげで、最後までなんとか話し終えることができた。

「当たり前だよ。そんなデリケートなこと、突然聞かれてすぐに応えられないでしょ。私みたいな初対面の人間なんかに話してくれて、どうもありがとう」

恵さんも替え玉だけではなく、スープは残さず、ご飯も一緒に食べるタイプだった。そのせいか、美香も三ヶ月ぶりに替え玉を頼んで、餃子もライスも食べた。会計を終え、別れ際になって、恵さんはこう言った。

「私さ、ネットで騒ぎになってから、大学でも知らない人に話しかけられることが増えて、もうずっと行ってない。友達は心配してくれたけど、疎遠になっちゃった。あの、これから時々、ラーメン屋めぐりしませんか？　私の周り、あんまりラーメン好きな女子いなくて。あ、赤山さんが女子って決めつけてるわけじゃないよ」

「もちろんだよ。自分でよければ、いつでも連絡ちょうだいね」

そして連絡先を交換した。恵さんからはその夜のうちに次の約束を取りつけるメッセージが来た。再会した時、恵さんはショートカットにして雰囲気をがらっと変えていた。新宿、原宿、渋谷で落ち合い、二人で気になるラーメン店に行き、その後は、スタバでゆっくりおしゃべりをする、そんな関係が続いた。高校時代、仲間は多かったが、集団での付き合いのため、こんな風に一対一で語り合える相手はいなかった。なにより、自分と同じくらいよく食べる恵さんと一緒にいるのは楽しかった。ショッピングに誘われることがないのもありがたい。昔から着たい服、身につけたいものが皆無で、自分なりの好みというものがよくわからないのだ。

「Twitterでラーメン好きだっていうと、変なのに絡まれるんだよねー」

恵さんが、新宿の魚介ベースの塩ラーメン屋でぽつりと言った。この後、替え玉いくでしょ、と互いに確認しあった直後だった。はまぐりや魚のダシをベースにした、来るたびに微妙に味が変わるスープに、へしこのしょっぱいおにぎりが抜群に合う、美香のおすすめ店を恵さんが気に入ってくれて嬉しかった。

Twitterが爆発的に流行るのは東日本大震災が起きてからで、美香は二〇一〇年当時その名前をかろうじて聞いたことがあるくらいだったが、あの頃、恵さんはすでに上手く使いこなしていた。恵さんはSNSが怖くないようだ。美香はあれ以来、ネットに近寄れない。ラーメン界隈の口コミ情報さえ見ることができず、雑誌や本、ラーメン屋で盗み聞きした愛好家たちの会話が貴重な情報源だった。

「彼氏の趣味でしょう、とかリプライくるの。なんで女がラーメン好きなのって許されないんだろうね」

「私の妹も同じようなことといってたな。ラーメン文化ってなんか面倒っていうか、怖いって」

美香は「めん屋　足穂」のストイックな雰囲気が好きで、森さん含め今なお悪い印象はないが、妹はあの感じをおおいに苦手とし、姉に会いに店の前まで来てみても、怖がって入ることは一度もなかった。

「うんうん、下手にラーメンの話したら、変な愛好家に絡まれるんじゃないかって思われてるよね。麺やスープを残したら誰かに叱られそうだから、入れないって人の話も聞く」

「そういえば、有名なラーメン屋さんって男の人ばっかりで、店長も絶対に男、だしね」

「あ、待って。一人、知ってるかも。女の店長の店。フォローしてるラーメン愛好家さんが、勧めてくれた店なんだけど」

恵さんはそう言ってスマホを取り出し、きらきらした目で見つめている。ラーメンを擬人化したような可愛いアイコンがちらりと窺えた。

「あ、ここでの替え玉やめて、これから二杯目行かない？」


美大卒業後に入社した、大井町線沿線にある有名な建築事務所をたった二年半でやめた理由を、片山朝陽は、長野県で暮らす母親と祖母にまだちゃんと話していない。薄々は気づいているだろうが、二人にはゲイであることは告げていなかったし、「ネットを見て」と言ったら、父亡き後、近所のホテルでフロント係として働きながら、農園を手伝う祖母と二人三脚で子育てしてきた母は、息子に寄せられた罵詈雑言や揶揄を読んでしまい、深く傷つくことになる。

アパートに引きこもり二週間が経つ。事務所のすぐ傍という理由で借りた部屋のため、元同僚とどこで出会うかわからない。もはやスーパーやコンビニに行くことさえ、怖かった。健人《けんと》から「なんか食べてます?」とメッセージが届いた時は、ありがたくて、夢中で欲しいものを打ち返した。今、まともに目を見て話せるのは世界中で彼だけだ。

——あのよく食べるバイトくんと片山くんって、付き合っていたんだね。

クライアントの自由が丘のバーの店長になんの悪気もなく、そう言われた時、何が起きたのかわからなかった。世界中で自分をゲイだと知っているのは健人だけのはずだった。一瞬、彼が裏切ったのかと思った。

その店長が教えてくれた有名なラーメンブログには、隠し撮りされた朝陽と健人の写真が添えられていた。あれを初めて目にした時の、高層ビルのエレベーターに足を踏み入れた瞬間、そこに床がなかったような衝撃と、どこまでも続く落下の恐怖は、今なお夢に見る。

健人がアルバイトとして事務所に現れた去年の春から、ずっと気になっていた。朝陽が通っていた美大の後輩で、共通の知り合いも多い。つやつやした色白の肌で肉付きがよくて、誰からも好かれていた。なにより、ドーナツであれ、海苔巻きであれ、どんな差し入れでも美味しそうに頬張る様子に視線が吸い寄せられた。女性だけの飲み会にも屈託なく出入りし、そこで彼が自分は男性が好きだとあっさり認めたせいで周囲の視線が微妙に変化したが、健人は別に気にする様子もなかった。

それでも、下っ端であれ正社員という立場上、年下のアルバイトに気持ちを打ち明けるのは気が引けた。だから、彼が卒業制作のために職場を去る日を待って、勇気を振り絞って食事に誘った。健人は、え、マジで嬉しいんですけど、と目を輝かせた。

――じゃあ、俺が行きたい店でもいいですか。環八沿いにめちゃくちゃうまいって評判の二郎インスパイア系ラーメン屋があって。いつもすごい行列なんで、一緒に並んでくれる人がいたらいいなって思ってたんすよね。

排気ガスまみれの三十分の行列の間に、健人が自分の生い立ちをぺらぺらしゃべるので、朝陽もつられて、初めて他人にこれまでの人生の話をした。小さい頃は食が細くて野菜が嫌いで、祖母の手を焼かせたこと、好きな映画監督は伊丹十三とスパイク・リーだと言ったら、俺も！ と健人は飛びはねた。健人が「スーパーの女」の津川雅彦の真似があまりにも上手いものだから、涙が出るまで大笑いした。間違いなく、これまでの人生で一番面白くて、リラックスした三十分だった。

だから、柄にもなくはしゃいでしまった。健人がごく自然に「あの、嫌だったらいいんすけど、手つないでもいいっすか」とささやいた時も、どきどきしながら指先をからめた。コの字型のカウンターに並んで座り、食券を同時に出す。けっこう注文めんどいんで、俺に任せてくれますか、と健人は言い、朝陽は彼のカスタマイズに聞き惚れた。背脂やにんにく、麺、野菜の量を、いちいち朝陽にこれでいいかと確認しながら、店長に伝えていく。初めて一緒に外食するのに、健人は、朝陽の食べる量や好みを正確に言い当てていた。彼も自分をずっと見ていたのか、と思ったら、泣きそうになった。その時、ふいに、健人の表情がみるみる険しくなった。

――おい、てめえ、勝手に撮ってんじゃねえよ。警察呼ぶぞ、コラ。

湯気の向こうの、厨房を挟んで座る、太った男を健人はどなりつけた。一瞬、店内が静まり返った。その薄汚い印象の男はこちらにずっとスマホを向けていたようだ。彼は健人の剣幕に押されたのか、そそくさと店を後にした。まもなく二人のラーメンは到着したが、朝陽が青ざめているのを見て取ったせいか、健人は店長に謝り、丼には手をつけずに店を出た。

――また、リベンジしましょうよ。今度は朝陽さんが休みの前の日にしましょ。それなら、にんにくマシマシできますしね？

と健人が締めくくってくれたおかげで、明るい気分でその日は別れることができた。もしかして、ああ見えて昔やんちゃだったりするのかな？　そう思うと、ひどい目に遭ったばかりなのに、彼に対しての興味が倍増して、何も食べていないにも拘わらず、ずっと体の奥が熱かった。

でも、そんな風にときめいて暮らしていられたのは、二人の画像がネットで拡散される前、わずか数日の間だけだった。

ラーメン屋にふさわしくない、注文に異様に時間がかかり、周りに迷惑をかける、過剰にベタベタした同性愛者のカップル、というような悪意ある文章を読み、朝陽はベッドから起き上がれなくなった。職場にはもう二度と行けないと思った。朝陽と健人の仲睦まじい雰囲気が可愛い、という擁護のコメントにも、まるで珍しいペット扱いしているような気配を感じ、かえって傷ついた。声がうまく出ないし、胃が焼けるように痛くて、水しか口にできない。

メッセージが届いてから三十分後、何日も掃除もしていない部屋に、健人はいつもの雰囲気のままで、スーパーの袋を両手に現れた。本当ならもっと片付いた状態で、祖母から送られてきた蕎麦でもゆでてもてなしたかったのに。窓開けますね、おかゆなら食えますか、台所借りていいすか、とぽんぽん声をかけ、鍋やフライパン、冷蔵庫の中身を見て回りながら、健人は何気なくこう続けた。

「どうします。訴訟する？」

「やめとく。これ以上、自分の属性だけで、注目されたくない」

そっか、と健人はつぶやき、ベッドのそばまでやってきて、体育座りをして、こちらの顔を覗き込んだ。

「ごめん。僕が食事に誘ったせいで……」

朝陽が小さな声で謝ると、あっけらかんとした口調で彼は言った。

「いやいや、謝るのはこっち。だって、ラーメンを提案したのは俺っしょ。あんなもん、俺、別に気にしてないっす。俺の地元、あ、ここから電車で通える神奈川の僻地《へきち》だけど、めっちゃ荒れてたから、昔から男と歩いているだけで、めちゃくちゃ叩かれて、ああいうの慣れてたし。勝手に言ってろよって感じ」

こちらの顔つきを別の意味ととったらしく、健人は急におだやかな表情になった。

「でも、そんなスタンス、人それぞれじゃん？　朝陽さんが傷ついたのなら、それは許せないですよ。こうやって、時々会えたら、嬉しいっす。おうちデートだっていいじゃないですか」

彼はしばらく迷った後で、こちらにスマホを差し出した。

「慰めにならないけど、ラーメン武士のせいで、俺らより、ひどい目に遭ってる人、まだまだたくさんいる。この親子とか、やばくね？　この子、まだ赤ん坊じゃん」

それは、この一件でラーメン武士のブログをちゃんと読む前から、すでにネット上では有名だった画像と文章だった。朝陽と健人の比ではないほど拡散されている。悪質なコラ画像も多数作られていて、もはやネット民の定番のおもちゃだった。でも、この画像を初めて見た時、朝陽は別に同情を感じなかったのだ。むしろ、何でこんな、子どもが小さな大変な時に、わざわざ無理に外食するんだよ、と苦笑し、ネタとして受け止めていた。男ばかりのラーメン屋のカウンターに窮屈そうに座り、片手で赤ちゃんを抱え、必死の形相で麺をかきこむ母親の隠し撮り画像。すっぴんで髪はほつれ、寝巻きのような服には汚いシミがいくつもついている。

どうして笑ったりしたんだろう。幼い頃、朝陽が見上げた母の姿にこんなにもよく似ているのに。

『今にも授乳始めるんじゃないかって気が気じゃなかった。おっぱい見れたらラッキーではありますが、こんな顔のおばさんですしね〜』

かつては意地悪だなあ、くらいにしか思わなかったラーメン武士のコメントに、今の朝陽は吐き気を催す嫌悪感を覚えた。

「ラーメン武士のせいで、生活めちゃくちゃになったのは俺らだけじゃないよな」

傍の健人は頬が触れ合うくらい近くにいる。

「なんか、急にラーメン食べたいかも……」

彼の体温とにおいにほっとしたせいか、朝陽は気付くと、そうつぶやいていた。


二年以上経つが、アキはあの日から絶対にラーメン屋に行かないようにしている。写真がネットで拡散されて半年後、夫と別れた。

二人が勤務していたのは京橋の小さな冷凍食品メーカーで、保守的な職場ながらも、育休をとっている男性社員はいくらでもいた。しかし、夫は「夫婦そろって育休なんて、タイミングずらしたとしても、顰蹙《ひんしゅく》だろ」と言って、それをしなかった。アキの産休が終わって本格的に共働きとなっても、夫は相変わらず飲み会皆勤賞で、一向にワンオペ育児は終わらなかった。でも、離婚の決定打は、

――盗撮した方もよくないけど、お前も悪いだろ、小さな子連れでラーメン屋いくなんて、それは叩かれて当然なんじゃないの？

という一言だった。部署は違えど、小さな会社なので、別れてからもしょっちゅう顔をあわせることになった。気まずさに耐えかねて、アキは退職した。両親が、わがままだ、孫の春《はる》がかわいそうだ、と激怒したせいで、もともと実家とは疎遠気味だったが、現在はほぼ絶縁状態にある。

ラーメンを子連れで食べたことで全部失うなんて、自分の身に起きたことが未だにアキは信じられない。今は田園都市線沿いにアパートを借り、派遣社員として必死に働きながら、一人で春

を育てている。ネット上でもっとも有名な赤ちゃんだった春も、とうに自分でスプーンとフォークを使えるようになっている。少し前までは、街を歩いていても、誰かに見られている気がして仕方がなかったし、実際「あの、ラーメンおばさんと赤ちゃんじゃん？」と学生服を着た連中にスマホを向けられたこともあった。

最近、ようやく仕事相手の目をみて話せるようになった。

元の会社で広報を務めていた同期の早希《さき》がいなかったら、自分はどうなっていたかわからない。彼女が「アキが書く新商品アンケートって、うちの部署で評判良かったんだよね」と言い、普段はプロに外注している社内パンフレット用の新商品紹介記事の仕事を振ってくれたのが始まりだ。元いた会社からお金をもらうのは気がひけると言ったら「じゃ、ペンネームにしなよ」と提案してくれた。それをきっかけに、他媒体からも小さなライター仕事がちらほらと舞い込むようになった。いつしか、育児サイトとグルメサイト、二つに連載を持つようになった。微々たる原稿料だが、手取り十五万円の二人暮らしには貴重な収入源になった。

三宿《みしゅく》にある無認可保育園で春を引き取った帰り道、偶然目に入ったのは「中華そば　のぞみ」のくたびれた暖簾だった。この店の存在を知ったのは、悔しいが、ラーメン武士のブログがきっかけだった。自分より悪く言われている人を探して心の慰めにしようとしたら、この店の記事を読んでしまい、かえって痛みが倍増したのだった。

『おばさん店長の爪が今にも割れそう、食欲が激減するほどの、ささくれとひび割れ。皮膚や爪のかけらがスープに入っているんじゃないの？』

読むに堪えない食欲をなくす言葉のオンパレード。そこにはただの批評ではない、徹底的に「のぞみ」の店長をこの世界から排斥したいという欲求が感じられた。他人事とは思えなかった。というのも、ラーメン武士が批判していたのは「のぞみ」の味ではない。アキ同様、槍玉にあげられていたのは、その「おふくろらしくなさ」だった。

気付くと、春の手を引いて暖簾をくぐっていた。使い込まれた濃い色の木目調の店内は隅々まで清められ、澄んだカツオと鶏のスープの香りが漂っている。最後に食べたあの札幌みそラーメンの人気店とは何もかも違っていて、ほっとした。ラーメン武士のブログにこの店の評が出たのは随分昔だが、もしかして、今なお影響しているのかもしれない。夕食時なのに、店内に客の姿はなかった。

「いらっしゃいませ」

そう言うなり、女主人はこちらをまじまじと見た。そして、一瞬、なんとも言えない表情になった。女主人はもう十分に理解したようだ。同じだ。この人もラーメン武士のブログを全て読んで、自分より悲惨な人を探して、かえって傷ついたクチ。似た者同士。アキはぎこちなく微笑み、券売機で中華そばとライスのボタンを押した。春にラーメンを食べさせたことはまだないが、白米ならこの子はそれだけでいくらでも食べる。プラスチックの子ども用のスプーンとフォークはいつも持ち歩いていた。

「子連れ、大丈夫でしょうか」

そう尋ねると、女主人は「もちろんですよ」と頷き、カウンター越しに食券を受け取った。女主人が子ども用の椅子を運んできてくれたので、カウンター席に春と並んで座ることができた。あの日以来、初めての娘との外食だった。

春は厨房の巨大な鍋のぐらぐら煮立つ湯や丸ごとの鶏を眺められるのが嬉しくて仕方がないようで、鼻歌を歌っている。やがて現れた、澄んだスープの中華そば、ライスの横にはサービスなのか、チャーシューと煮卵を細かく刻んだ小皿が添えられている。それを差し出す両手は、浅黒く大きく、皮膚のあちこちが割れ、皺が深かった。

「ラーメン屋さんってだいたい、みんな手荒れしているのに、ね」

こちらの気持ちに先回りするように、柄本希さんはそう言った。アキは思わずこう返した。

「指先がふっくらつやつやで、マニキュアをしたらしたで、叩くくせに、ね」

ラーメンの湯気越しに、目が合った。おそらくは一回り年上で、アキよりずっと厳しい自営業の人生を歩んできた人。でも、その目はアキの苦しさを知っていた。ずっと誰かとあの話をしたかった。友達も保育園のママ友も、早希でさえも、腫れ物に触るようにあの画像の話を避けている。

チャーシューと煮卵をたっぷりのせたライスを頬張るなり、おいしい、と春は笑った。それを見ていたら、アキは泣き出してしまった。春に絶対に気づかれないように、声を殺して、慌てて下を向く。すると柄本さんがカウンターからこちらに出てきた。店の外に姿を消すと、暖簾を持って戻って来る。今日はもう閉店、とつぶやき、一つ離れた席に座り、こちらにそっとおしぼりを差し出した。

「ゆっくりしていってください。うちのラーメンのスープは子どもでも飲めますよ。無化調……、あ、化学調味料は使っていないですし、塩分は控えめです」

二年ぶりに食べるラーメンは、身体全体にすっと染み渡っていった。あの日、周囲の目を気にしながら夢中でかきこんだこってり味も美味しいことは美味しいが、こちらはずっと滋味深く、身体の部分部分が生き返っていくような気持ちがする。これを言葉にできたらいいのにな、と思った。

「美味しい……。このスープ、透き通っているのにパンチがある」

縮れ麺を夢中ですすると、アキはれんげでじっくりスープを味わった。柄本さんは静かに言った。

「いや、私はまだまだ。母のラーメンにはかなわない。すごく考え抜かれた無駄がない仕事をする人で、最後の一滴まで飲めるクリアなスープなのに、あっさりだけじゃなくて、味に迫力があった。かっこいい、尊敬に値する職人でした」

柄本さんが小さなプラスチックカップを出してくれたので、アキはそこに麺とスープを少しだけ取り分ける。春はしばらくじっと見つめていたが、やがて躊躇なく、麺をすすり始めた。

「だから、母が男の客たちに『お母さん』とか『おふくろ』って呼ばれるのを見るのが、すごく嫌でした。母は私の母で、あんたたちのお母さんじゃないって、小さい頃からずっと思っていた。ちゃんと職人として評価しろよって悔しかった」

ラーメン武士にとって女の優しさは「おふくろ」でしかないのだろう。でも、柄本さんのざっくりとした優しさが、今のアキには滲みていく。

その夜はずっと身体がぽかぽか温かく、いつもは不安が襲ってきてなかなか寝付けないのに、春を寝かしつけると同時にふんわりと眠りにつくことができた。翌日ふと思いついて、連載を持つ育児情報サイトに「ラーメン、最後にいついった？　子連れにも入りやすい、『中華そば　のぞみ』」という記事をアップしてみた。

三回目に店を訪れたら「アキさんの記事のおかげで、子連れのお客さんが増えた気がする」と柄本さんがわざわざ嬉しそうに教えてくれた。

「ラーメン屋ってなんか怖いと思われがちなの、なんでなんだろうかって、ずっと考えていたんですが」

その夜、カウンターに若い女性二人と、男性一人客だけになったのを見計らって、アキは柄本さんに声をかけた。隣では、すっかり外食に慣れた春が、小盛りの中華そばをプラスチックフォークですすっている。

「ラーメンってなんだか、すごく男のものなんですよね。我々は異物だから叩かれたのかもしれません」

あの日の自分は、一刻も早く、周囲に迷惑をかけないように食べ終えねば、と怯えていた。そのせいで、すごい形相で掃除機のように麺を吸い上げていた。そのことが今なお、ネットで揶揄されている。こんなひどい顔で乳児を押しつぶすように抱えながら、ラーメンを食べなくてもいいじゃないか、と誰もが言う。あまりにも批判を見てきたせいで、アキまでそう思うようになっていた。

あの頃は毎日、朝から晩まで、春と二人きりだった。たった一人で緊張しながら育児をし、自分の料理しか食べていないと、外食が恋しくて仕方がなくなる。誰かが作った、あつあつでパンチのある、高カロリーのエネルギッシュな、味に間違いない一品。どうしても美味しいラーメンを食べたくて、授乳の合間を見計らって、近所の行列ができる店に飛び込んだ。それがそんなにいけないことだったのだろうか。

「煮干しに昆布、干し椎茸、かつおぶし、干し貝柱。丸鶏にネギ、しょうが、卵に小麦、かんすい」

柄本さんが呪文のようにつぶやき、アキは首を傾げた。

「うちの中華そばの素材。まあ、アレルギーの問題はあるけれど、全部、子どもでも食べられるものでできている。ラーメンって、みんなに開かれたものなのに、いつの間にか、難しいジャンルになってしまいましたよね」

そう言って彼女は、ラーメンをすする春を見守った。澄んだスープを喉を見せて飲み干し、春は満足そうに、ほう、と息を一つついた。

その時だった。先ほどからずっとこっちをちらちら見ていた、若い女性たちが立ち上がり、やってきた。どちらもボーイッシュでぶかぶかしたパーカー姿で、姉妹かもしれない。

「あのう、もしかして、赤ちゃん連れ写真をさらされた人ですか?」

アキが咄嗟に春を抱き上げて店を立ち去ろうとすると、体格の良い一人が慌てて立ちふさがった。

「ごめんなさい。ごめんなさい。待って！」

「私たちも同じなんです。ラーメン武士にさらされて、すごい有名になっちゃって」

二人は必死の顔で口々に言う。そういえば、どちらの顔にも見覚えがあるような気がした。一人は佐渡恵、もう一人は赤山美香とそれぞれ名乗った。

「おふくろ、部活、愛情、ノスタルジー、癒し」

離れた場所に座っている、ラーメンのキャラクターが描かれたTシャツをムチムチした身体に貼り付かせた若い男性が突然、こう唱えた。

「ラーメン武士が、オーソドックス系中華そばを褒める時の語彙はこの五つの使い回し。うまいしか言えない評論はダメだとかくさすくせに、あいつだっていつも同じこと繰り返してるよね？」

恵と名乗る人が、彼をしばらく怪訝そうに見つめていたが、あっと声をあげた。

「もしかして、そのキャラT、替え玉太郎さんですか？　いつもラーメン情報、楽しみにしているんです。今日、ここにきたのも、替え玉さんのつぶやきがきっかけで」

と、目を輝かせている。ネットでラーメンについて書いている男。そう思ったら急に怖くなって、アキは春を胸に引き寄せ、顔を伏せた。そんな様子に、恵さんはすぐに気付いたらしい。

「あ、安心してください。ウチら、Twitterで相互フォローの関係で。替え玉さん、ラーメン詳しいけど、おじさんラーメン愛好家とかとは全然、違うんで。説教とかうんちくとかないし」

「そうですよ。それに、俺だって、ラーメン武士にさらされた人間でもあるんで。俺ら、仲間っすよ」

恐る恐る顔を上げると、替え玉太郎という男は「これ、美大の卒業制作で作った、替え玉太郎公式グッズ！　君にあげるよ」と言いながら、彼のTシャツにプリントされたキャラクターそっくりのぬいぐるみをリュックサックから取り出し、春に渡した。春はたちまち打ち解けた顔で、きゃっきゃとはしゃいだ声をあげ、ぬいぐるみを抱きしめている。

その時、木枠の引き戸が横に開き、顔色の悪い痩せた青年がふらりと姿を現した。

「あ、朝陽さん、来てくれたんだ」

と、替え玉太郎は、何故か顔を赤くし、早口で声をかけた。

「俺の、前の職場のせんぱ……、じゃなくて友達です」

「違う。僕、この人の彼氏です」

その朝陽さんという男性は、彼の言葉にかぶせるように真顔で言い直した。胡椒が舞っているわけでもないのに、替え玉太郎は激しくむせた。そして泣きそうな顔で彼の肩を抱き、隣の席に引き寄せた。

「二〇一〇年の十月十日。私たち六人は偶然ここに集まって、それで、常連になったの」

原田萌実ことアキは、すべて話し終えた後で、こう締めくくった。

その間、佐橋は何度も逃げようとしたが、腕っ節の強い店員に椅子に何度も押し戻され、結局、石の冷たい床に座り込んでいた。カウンターの中の柄本希は立ったまま、ぐらぐら煮立った鍋を見下ろしながら、話を引き継ぐ。

「あなたに復讐するために一番の方法を話し合った。そして、我々があらゆる人間に開かれた名店を作ること、愛好家が絶対に無視できない、新しい時代の成功のモデルプランになることを最優先の目標とした。目指すのは全方位型の味わいの淡麗中華そば。なぜなら、あなたはクリア系のスープの味わいに語彙力をもっていない。美香さん、恵さんとスープのクオリティをあげるために、徹底的に研究を重ねた。佐橋ラー油がここに来るその日までは、話し合って全員、タバコもコーヒーもやめた。そうだよね」

柄本希は麵をほぐし、鍋に投入しながら、入り口のところに寄りかかっていた、例の用心棒のような体型の店員に目を向けた。

「うん！　今夜からやっと、私たちはキャラメルラテが飲めるってわけ」

その声で、佐橋はその店員が女性だとようやくわかった。鋭い目つきと鍛え抜かれた身体にばかり目が行って、性別まで気が回らなかったのだ。彼女はカウンター前までやってきた。

「調理のほとんどは希さんが担当するから、私は自分に何ができるかなって考えた。そこで、お客さんが安心して食事を楽しめる店作りを目指した。セクハラ野郎には力が一番効くと思って、空いた時間で、格闘技と重量挙げを習って、身体を鍛えた。そうしたら、もう誰も私のことを

『日本一可愛い超巨乳店員』だなんて言わなくなった」

そうしている間にも、柄本希が茹で上げた麺の水気を勢い良く切り、スープを注いだどんぶりに移す様子が、ベリーショートに鼻ピアスの店員の肩越しに見える。

「恵の頑張りを見て、私もなんかしなくちゃって気持ちになった。私は海外からのお客さんに対応できるように、英語を学んだ。ここにいるみんなが少しずつお金を出してくれたおかげで、一年間、ニューヨークに留学して、ラーメンブームの広がりを間近で見ることができた。カレッジで誰もが生きやすい街作りを学んだ。それは店のリニューアルにおおいに役立った」

店員二人に同じ豚のタトゥーが入っていることに、佐橋はようやく気付き、震え上がった。原田萌実が余裕たっぷりの調子で割って入ってきた。

「店を人気店に押し上げるためには、キャッチフレーズが何より大切。私はグルメ専門のライター一本で食べていけるように死に物狂いで頑張った」

「どこかの誰かさんと違って、ママは守備範囲が広いからそりゃ売れるよね」と、中学生がふふっと笑う。萌実が得意げに続けた。

「署名記事を書けるようになったタイミングで『全方位型淡麗』という言葉を生み出した。『のぞみ』がリニューアルする前から、意識的に広めておいてブレイクの土壌を作り、ことあるごとにメディアで援護射撃した」

これからどうぞよろしく、同業者ですもんね、先輩、と付け加え、萌実は高級そうな革製のケースから「ライター　原田萌実」という名刺を優雅に取り出すなり、床に座り込む佐橋に強く押しつけた。替え玉太郎は長いアームのついた小型カメラを高く掲げながら、佐橋のおびえきった顔を勝手に撮影している。

「俺は、あんたの居場所を業界から奪うために、ラーメン専門YouTuberになることを決めた。あんたがバカにする『うまい』連発の戦術で、小さい子どもや女性ファン層を取り込んだ。白いTシャツを着ているのは媚びているからじゃない。それがラーメンが一番美味しそうにみえる清潔なレフ板だからだよ。汁を飛ばさないで麺をすするために特訓を積んだ。白Tが完璧に似合うようになるために、恵さんと一緒にジムに通い、二十キロ痩せたよ。ダイエットはきつかったけど、朝陽がサポートしてくれたから……」

替え玉太郎の横に親しげに寄り添うスーツの男は、よく見れば、ライフスタイル情報誌で最近顔を見ることが増えた、若手建築家の片山朝陽だった。

「僕は『のぞみ』の居心地の良い店作りを目指し、建築家としての経験を積んだ。世界中のレストランを見て回り、研究を重ねた。ニューヨークでは美香さんと合流して、現地のラーメン屋を巡った。調理はほぼ柄本さん一人だから、彼女の体格から逆算した厨房の動線づくり、そして、一見シックで都会的だが、女性一人客はもちろんあらゆるジェンダーアイデンティティ、障害をもつ人にも対応できる独自のデザインを編み出した。足元や手元は良く見えるけど、客同士の顔はあまり良く見えない、落ち着いた照明になるよう心がけた」

「おじさん、これら全部の努力は、『のぞみ』をおふくろ、部活、愛情、ノスタルジー、癒し、のキーワードで語れないようにするためなんですよ」

中学生の春が腕組みをして、佐橋を見下ろしている。耐えられなくなって、佐橋は叫んだ。

「お前ら全員暇かよ!! なんで人生かけて、そこまでやるんだよ。もっと有効に時間を使え！他に建設的なやり方はいくらでもあるだろうが!!」

赤山美香がこちら側のテーブルに、中華そばを両手でことりと置いた。さっきからずっと気になっていた、鶏と魚介ベースの、ふんわりと食欲をくすぐる、雑味のない香りが一層強まる。逃げたいという気持ちとどうしても食べたいという気持ちが拮抗し、佐橋は涙ぐんだ。結局、佐渡恵の手によって無理やり椅子に座らせられ、しぶしぶと箸を取る。

あらゆる媒体で取り上げられていた、のぞみの中華そばは、黄金色のスープにちぢれ麺が沈み、ネギ、メンマ、チャーシュー、ナルト、煮卵がバランスよく配置された、ごくごく王道を行く見た目だった。しかし、その澄み切ったスープの美しさに、佐橋はただごとではない迫力を感じた。震える手で一口ちぢれ麺をすすり、舌や喉に心地よい波を感じさせながらすべりおちていく、コシと香ばしさ、歯切れの良さに目を見開く。そのウェーブにからみつくスープの爽やかさと香り高さ。そして、飲み込んだ後に押し寄せてくる、一口目の印象とまるで違う攻撃性は一体なんだろう。

「なんでそこまでやるかって？ あなたに勝手に名付けられた自分を取り戻すためですよ。自分たちの手で」

春はいつの間にか向かいに座り、夢中で麺をすする、父親より年上かもしれない佐橋を見据えている。一見、丸い味わいの先の方に、ゴリッとした荒々しさがある。この味の正体は――。佐橋はこれまでのラーメン人生を振り返った。あらゆる経験、言葉、知識を総動員しながら、薄さに反して十分な肉汁とかみごたえを感じさせる、とろけるようなチャーシューを堪能する。

「あたしは、ばか親に育てられたかわいそうな赤ん坊じゃない。それに、ママはばか親じゃない。恵さんの体は恵さんのものだし、店長は誰のおふくろでもない。替え玉さんと朝陽さんがどこでどんなふうに仲良くしようが、美香さんの性別がなんであろうが、たとえ自分の中で答えが出なかろうが、あなたなんかにくだらない名前でなれなれしく呼ばれる筋合いはないんですけど！」

怒りに燃えて、こちらを睨みつける春を前に、佐橋は震えながら麺をすすり終え、再び、スープに向き合った。もう一度じっくりと味わった後で、柄本希に向かって問うた。

「一つだけ質問させてくれ、頼む。味の決め手は、最後に足した追いガツオ、おそらく薄くスライスした……違うか」

柄本希はしばらくこちらを見た後で、ゆっくりとタオルで手を拭きながら、カウンターの外に姿を現した。こうしてみると、思ったより小柄で肩幅も狭い。なにより、四十五歳の自分と年がそう変わらないことに、佐橋ははっとした。

「正解。最後に魚介スープに大量に足しているのは、ふわふわの花ガツオ。家庭で食べるような。春ちゃんが小学校に入ったばかりの頃、私の家に遊びに来た時食べていた、ねこまんまがヒントになった。それが調和のとれた淡麗に、中毒性を足している。ベースの本枯節《ほんかれぶし》だけじゃこの味にならない」

「それで後味に、最後の油っぽさと荒々しさがブーストされたってわけか……」

佐橋はため息混じりにつぶやき、残ったスープを眺めた。

「優しさだけじゃ、全方位にはなれない。強い気持ちがどこかに見え隠れしないと。単調になるんだよ、なにごとも、な」

替え玉太郎の口調がふと、親しげになった。原田萌実までがこちらに言い含めるように目を細める。

「本当はどんなに頑張っても完全な全方位なんて、無理なんです。でも、自分ができる範囲で、取りこぼす層を少しでも減らしたいという気持ちは絶対に、どんな仕事にも必要。全方位型って言葉を私が好んで使うのは、それを忘れちゃいけないって気持ちがあるからなんです。あなただってそうなんですよね。きっとお母さんや子ども時代にすごく愛着があるから、ああいう言葉を選ぶんですよね」

カウンター席に座った柄本希が、タバコに火を点けた。ここ禁煙ではないか、と言おうとしてやめた。おそらく、十二年三ヶ月ぶりの一本を、希は実に美味そうに吸った。吐き出した煙がゆっくりと舞い上がり、片山朝陽が考え抜いた、天井にスマートに隠された換気口に吸い込まれていく。

おふくろ、部活、愛情、ノスタルジー、癒し。

小さい頃は友達もいなかった。部活に入っていたことは一度もない。幼い頃、母はなんでもいうことを聞いてくれたし、成人してからもライター一本で食べられるようになるまでは欠かさず仕送りしてくれた。佐橋が出たテレビはいつも録画して、近所に自慢して回っていた。にもかかわらず、母が亡くなった時、佐橋はあまり悲しいと思わなかった。その顔ももう、ぼんやりとしか思い出せない。こうしている今も記憶はどんどん薄れていく。母が最初に倒れた時、ずっと海外で働いていた妹は慌てて夫とともに帰国し、病院に泊まり込んで看病した。そして、

――お父さんとお兄ちゃんはママをお手伝いさんくらいにしかいつも思っていなかったじゃん。だから、ずっと体調が悪いことにも気づかなかったんだよ。

と、なじった。

どの言葉も使用不可となった今、佐橋は「うまい」と言うのを必死で堪えている。

「追い花ガツオに気付いたなんて、あなたにも、まあまあいいところがあるんだね。そういえば、母はあなたのこと、嫌ってはいなかった」

と思いがけず、懐かしそうな口調で柄本希が言った。スープで胃が温かいのに、七人がこちらを見るのをやめた今、佐橋の背中はいっそう冷たかった。もはや彼らは気が済んだのか、佐橋から完全に興味をなくしたようで、和気藹々《わきあいあい》としゃべりながら、中華そばの替え玉だの餃子だのを注文している。

柄本希はタバコを空き瓶にねじ込むと、厨房へと戻っていった。

「うまい」で身体がいっぱいだった。大学生の頃、初めて池袋でつけ麺を食べた時のように、身体中の細胞という細胞が喜びで満ちていた。スープを夢中で飲みながらも、丼を置くのが、佐橋は怖かった。この店を一歩出てからが、本当の地獄なのかもしれない。

一見、澄み渡っているが、こうして顔を近づけてみると、スープには無数の小さな輪が輝いて

いる。その一つ一つに、幼い頃よく、お母さんにそっくりだね、と言われた、自分の泣き顔が映っている。

BAKESHOP MIREY'S

「焼き鳥　くろ兵衛」は、秀実《ひでみ》の勤める留学斡旋会社がある大通りの裏に面した、横丁入り口にあった。

東北の山間《やまあい》にあるこの街は、新幹線が停まるようになったと同時に、美術館や記念館、伝統工芸品の体験ミュージアムが建設ラッシュとなった。外国人観光客で賑わうにつれ、英会話教室のニーズも高まり、自営業者の子ども達がこぞって短期留学を志すようになる。そのため、秀実は東京本社から一年間の任期で、主任として赴任してきた。

ブランドショップや土産物屋、地元の乳製品を使ったカフェがところせましと立ち並ぶ、ヨーロッパの街並みを模して赤レンガを敷き詰めた大通りで、観光客に混じって高いランチをとるのを心外に感じていたら、暗がりに沈んでいるひんやりカビ臭い横丁から、だしの香りがする湯気が流れてくるのに気付いた。夜、何度か同僚と飲みに来たこともある「くろ兵衛」の暖簾《のれん》をくぐったら、ご主人の奥岳《おくたけ》さんがつるりとした後頭部を厨房で光らせ、小麦粉を練っていた。実験的に、昼だけ手打ちうどんを出しているという。甘いだしで食べる太いうどんは、かつてこのあたりの名物だったそうだ。

職場から徒歩三十秒、三百五十円でさっと食べられるのはありがたく、秀実はすぐに常連になった。一人娘で、留学時代を除いて、ずっと親元で暮らしていたため、三十六歳にして降って湧いた一人暮らしは新鮮で、料理もそう嫌いではない。かといって、毎日お弁当を用意する気力はないし、コンビニ弁当では物足りない。

アルバイトの未怜《みれい》とぽつぽつ話すようになったのは、二〇一九年の九月を迎え、欧米の新年度とともに、留学相談に通ってきていた若者が一気に姿を消した、業務に余裕のある時期だった。

「このあたり、山間だから、いつも風が吹いてますよね。小さい頃から、ずっとそう」

「ああ、そうかな。言われてみれば」

意識したことはなかったが、春夏を通してどんな天候であれ肌に触れる空気が涼しく感じない日はないので、羽織りものは欠かせなくなっている。

「だから大通りまで、だしのにおいがしたんじゃないかな」

「そうそう、それでこのお店に気付いたの」

うどんの汁をすすりながら、秀実は頷いた。この街では花火大会が終わるなり、温かい汁物が体にスルスル染み入る季節がすぐにやってくる。未怜は牛乳色の肌に、赤茶けた髪を乱暴にピンでまとめ、目の下をいつもウサギの目のように赤く塗っている、眠そうな顔つきの女の子だ。二十五歳と聞くまでは、ぞろりと長いワンピースとかかとを潰したスニーカーを引きずるような動作から、学生とばかり思っていた。奥岳さんへのぞんざいな態度のせいで、てっきり実の娘と勘違いしていたが、同じ横丁の並びにあるスナックの一人娘だそうだ。

カウンターとお座敷に卓が二つのこの店の昼は、いつまでたっても、夜のような賑わいが全く訪れない。客はほぼ秀実だけなので、奥岳さんも次第にやる気を失ったらしく、仕込みを終えると店を未怜に任せ、ふらりとパチンコ屋や買いだしに出かけてしまうことが増えた。昼営業がなくなっては困るし、かと言ってあまり繁盛しても落ち着かないのだけれど、そろそろ同僚を誘うつもりでいる。正直なところ、特に美味しいというわけでもないのだが、大通りとは別世界のような、このしんとした空間で、熱いだしをすするのが秀実は好きだった。

窓の外では、焼肉屋の汚れた外壁に取り付けられた室外機が回転している。ほんの数年前までは、この通りがそのまま拡大したような街だった、と奥岳さんは言っていた。景気から取り残された層と、商売が軌道に乗った自営業者の間で格差がどんどん開き、最近は地元の人間関係がギクシャクしていると聞いたことがある。

「大通りのあのカフェ、行きました？　ガイドブックですごく褒められていたんですけど、スコーンがもそもそで全然美味しくないんですよね。ミルクティーもなんかコクがないの」

秀実がイギリスの大学を出ていると知るなり、未怜は人懐こくなり、自分の趣味であるカフェのアフタヌーンティー巡りについて語り始めるようになった。あのカフェにはまだ行ったことがない、いつ言っても観光客で行列しているし、それにちょっと高いよね、と秀実は応えた。スコーンなどの焼き菓子は留学時代から好きだが、彼女ほどの熱量で愛しているわけではない。

未怜は、子どもの頃に父親と一緒にテレビ放送で見たナルニア国物語に夢中になってからというもの、ピーター・ラビット、パディントンに次々とはまり、中学時代はＮＨＫで再放送していたるベネディクト・カンバーバッチ版のシャーロック・ホームズ、今はダウントン・アビーの大ファンだそうだ。使用人と上流階級がくっきりと分かれた描き方がむしろ面白く、特に紅茶やケーキが登場する場面が大好きなのだという。

そんなわけで未怜とは、英国文化について語ることが多い。十一時にお茶を飲みビスケットを食べるイレブンジズという習慣や、分類によって税率が変わるためマクビティのある商品をビスケットとするかケーキとするかで裁判が起きた話などをすると、耳まで赤くして喜んだ。そういう時、未怜は完全に仕事の手を止めてしまう。最初は調理台に上半身を持たせかけていたが、だんだんと自分の話も聞いてもらいたそうな表情を浮かべ、厨房から出てくるようになった。

幼い頃、籍を入れないまま父親が姿を消してしまったので、金銭的には相当苦労したらしい。最近まで母親の店を手伝っていたが、もともと折り合いが悪く、常連の奥岳さんに頼んで、ここで働き始めた。高校卒業後、幼なじみの女の子たちと雑貨屋兼カフェを開くことを夢見て、県では有名なパティスリーで働いていたが、人間関係がストレスで体調を崩してやめてしまった。貯めていた開店資金の一部は、母親に貸したきり戻ってこない。結婚や就職、上京をきっかけに仲間が次々に去っていって、結局ひとり残されて途方にくれていることを、何日かに分けて、未怜は話した。

今にもよだれがこぼれそうな柔らかな未怜の唇がプクプク動くのを眺めていると、子どもはこの先作ることもないだろうけれど、何だか、娘ってこんな感じなのかな、と、秀実は想像する。深夜BSデジタルで放送しているBBCのお料理番組が好きだというので、それ、長寿番組だよね、留学中も寮で見ていたし今もたまに見るよ、と相槌を打ったら、うどんを作っている時とは別人のように、瞳を輝かせた。

「私、あの番組大好きなんです。イギリスのお菓子作り好きの素人さんが、オーブンを使ったお菓子で対決するやつ。あれ見てるうちに、決めたんです。一人で、ここの昼時間を利用して、ベイクショップを開こうって」

会社に留学を相談しにくる若者の多くが、いずれ家業を継ぐことを決めていて、外国人観光客を取り込みつつ自分なりの個性を出そうと様々なプランを温めている。彼らに共通する気迫と愛嬌が未怜には皆無だったから、秀実は驚かされた。てっきり仲間と一緒のサークル感覚だからこそ、お店をやりたいのだとばかり思っていた。未怜はシワの寄ったエプロン姿で、隣のカウンター席にどしんと腰を下ろす。秀実は空になったどんぶりを置いた。

「うどん用の小麦粉はいっぱいあるでしょ。乳製品は地元の美味しいのが手に入る。あとはオーブンのいいやつさえ買えば、すぐにでも、ここでお店が開けると思う。食品衛生責任者の資格は奥ちゃんが持ってるから、私でも販売できる。それにね、大げさに宣伝しなくても、お菓子が焼ける香りが風に乗って、大通りからお客さんを連れてきてくれると思うんだよね。うどんより、絶対ウケると思う」

小鳥が歌うように砕けた口調になっていく。

「すぐそこにご実家のお店あるんじゃないの？　そこで開くんじゃダメなの」

「大きい声じゃ言えないけど、あの人、食品衛生責任者の資格、持ってないんだよ。うちの店、汚いし。それに、私にお金が入ると、いつも使っちゃうから、信用できない。だから、奥ちゃんちに逃げてきたんだよね」

　未怜は窓の外の汚れた壁の右方向を指さし、もっともっと先、一番奥にあるの、うち、と続けた。

「本場イギリスの焼き菓子が楽しめる、ベイクショップにしようと思う。流行っているでしょ、今。小さな店舗で焼き菓子を出すお店」

　ベイクショップはアメリカで生まれた言葉なんだけど……、という言葉を飲み込みつつ、秀実はついこう言ってしまった。

「そんなに英国に興味があるなら、イギリス留学してみたらどう？　お金がないなら、ワーキングホリデーでもいいんじゃない？　向こう、飲食店の仕事なら多いよ。それこそケーキ屋さんで働きながら暮らせるよ」

　未怜ははにかむようにも、こちらを哀れむようにも見える、おかしな口の歪め方をした。あとから思えば、未怜は秀実に対して、何度もそんな色を浮かべていたのである。

「秀実さん、本当のところどう？」

　未怜は頬杖をつくと、ちらっと上目遣いになってこちらを覗き込んだ。そうすると、トロンと気だるげに見える白目が赤く血走っていて、年齢にしては皮膚が分厚いことも分かった。

「イギリス留学時代に食べた本場のお菓子と、日本で食べるスコーンやショートブレッド、本当はどっちが美味しい？」

「そうだなあ」

秀実はうっかり苦笑してしまった。英国小説で知ったプディングやビクトリアスポンジケーキにミンスパイを、大学の近くの初老の女性が経営するベーカリーで実際に目にした時は、感動した。本場のそれはいずれも大ぶりでとても甘く、ずっしりとしていて、バターの香りが強烈だった。留学中に七キロ近く太ったのは、お菓子を食べ過ぎたせいである。

「すごく心に残っているのは、もちろん本場のものだけど、そうだなあ、やっぱり、毎日でも食べられて、口に合うというか、身体にちょうどいいのは、日本の小ぶりで口どけの良いやつかもしれないなあ」

「でしょう」

未怜は得意そうに頷いた。

「結局、日本人は日本人が作ったものが一番美味しいんだって。海外でお菓子作りを学んでも、最終的にはこっちの味にアレンジせざるを得ないんだから、最初から日本で焼いたほうがいいじゃん。お金がある子なら、専門学校に通って歴史や基礎を学んだり、留学したりできるのかもしれないけど、私は私の持ってるものの中で夢を叶える道を考えたいんだ。うち、貧乏だから、普通の人を真似ているようじゃ、どうにもならないもん。私なりの最短ルートを探さないと」

「ふーん、しっかりしてるんだね」

いつになく理路整然と話す未怜を前に、秀実の声は自然と小さくなっていく。

都内の私立大の英文学科を卒業した後、大学院に進むことも考えたが、大好きなジェイン・オースティンを読み返すうちに、子どもの頃の夢である英国小説の翻訳家を目指そうと一念発起して、イギリスの湖水地方にある大学に留学した。卒業後に帰国し、小さな翻訳の仕事をこなしながら、プロのアシスタントを務めた。収入はほとんどなかったが、自宅で親がかりだったため十分暮らしていけた。それでも、フリーランス稼業は徹夜が当たり前で、母親に身の回りの世話をすべて任せていたにもかかわらず、三十二歳の時に体調を崩した。自分には文学的なセンスはないと見切りをつけた年齢でもある。しばらく、何もせずにただただ眠って暮らしたが、徐々に気力が回復すると両親や友達を誘ってぽつぽつとヨーロッパを旅行するようになった。

半年ほど無職のまま過ごし、やっぱり語学力を活かしたい、と気付いて、自宅から無理なく通える場所にあった、今の会社に人生初の就職をした。エージェントとして働き始めてすぐにわかったことだが、会社員の生活は融通の利かない自分には合っていた。様々な年代の依頼者の話を聞き、世界各国の大学を調べて現地と連絡を取り、ぴったりのプランを練ることも、楽しかった。両親はそんな秀実を見て、ホッとしているようだ。結婚をせっつかれたことは一度もない。

周囲に理解され、これ以上ない形で援助を受けても、目標にまでは届かなかったのが自分という人間だ。これまで特に恥じることはなかったけれど、未怜と話していると、なんて呑気だったんだろうと、落ち着かない気分になってくる。まずはイギリスに行かなければ、なにも始まらないだろう、と当たり前のように信じ込んでいた。留学費用はほとんど両親が負担してくれ、そのことに疑問もなかった。しっかり勉強すれば道は自ずと開けるだろう、と楽観的に考えていた。もちろん、留学中は言葉についていくのがやっとだったし、ホームシックにもなった。翻訳家修業中は身を削り、同業者から強い批判を受け、落ち込んだこともある。でも、未怜に比べたら、信じられないほど恵まれていたのに、それに無頓着だった。お金がない、という状況が、実際のところよくわかっていなかったことにも初めて気付き、いたたまれない気持ちになった。

「お菓子焼くの、好きなんだね」

そうつぶやいたら、

「ううん、実を言うと、これまで一度も焼いたことがないの。パティスリーのバイトも接客担当だったし。食べるのはすごく好きだけどね。料理本もたくさん買っているけど、読んでるだけ」

未怜はあっけらかんと笑った。

「でも、中学の頃、この辺りでは一番のお金持ちの友達のうちに遊びに行くと、そこのママが、よくケーキを焼いてくれたの。その時の香ばしいにおいが忘れられないんだ。焼けるのを待つ時間が好きだった。嫌なことが全部忘れられるような、魔法みたいな時間。待つしかない時間っていうのが、なんか良くて。オーブンを買えたら、ここでうんと練習するつもり。練習しながら、うまくなっていきたい。全部、インスタにあげて、上達するのをいろんな人に応援してもらうの」

「そうなの」

甘い考えだと思うより先に、留学先のあのベーカリーの香りが辺りにやんわりと漂ってくるような気がした。二十代の秀実も、未怜と同じように、本場のイギリスというよりは、日本語で語られる英国文化やフィクションの中のティータイムに憧れていた。翻訳家修業時代、秀実がオースティン以外を読んでいないので、師匠から呆れた顔をされたことを思い出し、うどんで温まっているはずなのに、カーディガンを引っ張り出し袖を通した。

「何なんですか、あのバイトの子」

安西《あんざい》さんは未怜とほぼ同い年のせいか予想以上に手厳しかった。閑古鳥のままでは昼営業が終わってしまうので、入社三年目の彼女を誘って「くろ兵衛」に出かけたら、会計を済ませてからこうしてオフィスに戻って歯磨きをする間中、ずっと悪口のいい通しだった。

「接客なってないし、トロいし、うどんに指突っ込むし、ずっと自分の話ばっかしているし、二人しかいないのに、注文間違えてましたよ。それに、なんだか、めっちゃ自分に甘くないですか？」

未怜は未怜で、同世代の安西さんに接するると緊張するのか、どうにも態度がぎこちなかった。秀実にばかり話しかけていたせいもあって、よりいっそう気を悪くしたようだ。

「でもさあ、聞けば、あの子、苦労人なんだよ。みんながみんな、頑張ったら褒めてもらえるわけじゃないし、実家でのんびり過ごせるわけでもないんだからさ」

甘いということで言えば、人間はみんな自分に甘いのだと思う。それを律したり、努力するようにつとめさせるのは、環境の力なのだ。大学に進めなかったら、留学ができなかったら、東京に実家がなかったら、身体を壊した時、家族に守られてゆっくり過ごせなかったら、自分はどうだったのだろうか。未怜と何も変わらない、いや、はるかに怠惰に生きていたような気がする。少なくとも、今ある資源でベイクショップを開くなんていうアイデアは絶対に思いついていない。

秀実の言葉はどうやら、安西さんの苛立ちに拍車をかけたらしい。彼女は高速で歯ブラシを上下運動させた。

「ええー？　私だって、家族とは仲悪いですよ。実家、名前だけはあるけど、つぶれるかつぶれないかの瀬戸際で、かじれるスネ全くないっすよ。大学だって、推薦を頑張って取ったのに、親が一人暮らしを許さなかったから、片道二時間もかけて県外まで通って、身体を壊しかけたんですよ」

しっかりした顎に歯磨き粉の泡が流れていく。安西さんの実家は四代続く酪農家で、バスの乗り継ぎを間違えると一時間半以上はかかる牧草地帯にある。残業した夜など、家業を継いだばかりのお兄さんが、泥だらけのワゴン車で迎えに来ることがあった。会社が借りている秀実のマンションはその途中にあるので、ついでに乗せてもらったことが何回かある。体格の良いお兄さんと安西さんは確かにほとんど口を利かなかった。最近好きだという男性アイドルのＣＤを、秀実にも断りなくカーステレオに挿入し軽く肩を揺らす安西さんを見て、お兄さんは聞こえよがしのため息をついていた。

「ああいう子、苦手なんですよね。昔っから。口ばっかりで、なんもしないで、現状を嘆いてばっかりで。そんなに地元や実家が嫌なら、自立できるように、努力したらいいじゃないですか。だいたいあの子、そこまで貧乏なんですか？　私より断然、贅沢している感じじゃないですか」

確かに未怜をよくよく見れば、身につけているものにしてみても、大通りを歩いている女性の観光客と何も変わらない。少なくとも就職活動時と変わらなそうなリクルートスーツを着ている安西さんより、ずっと金をかけている。今日は丸襟のブラウスに、リバティプリントのエプロン、さくらんぼの形のイヤリングを揺らしていた。ただ、なんとなく身仕舞がだらしないせいか、流行のただ中にいる若者という風には見えなかった。

うどんがなかなか出てこなかったことも、せっかちな安西さんには耐えられなかったようだ。未怜はバイトのぎりぎりの時刻までずっと自宅スナックの二階で寝ていて遅刻したのだと、申し訳なさそうでもなく笑って話した。未怜がスナックに立たなくなったことで今、母親とは冷戦状態にあるという。ただでさえ、明け方にまで及ぶ一階の騒音のせいで、高校時代は勉強がままならなかったというのに、最近は母親が嫌がらせでカラオケの音量をいっそう上げるために、なかなか眠りにつけないそうだ。

「秀実さんは、お人好しですよ。ああいうのは話半分で聞いていた方がいいですよ。仲間が離れていったのも、あの子に問題あるんじゃないんですか」

安西さんは実際、努力家で優秀だ。誰よりも早く出社するし、同世代の若者の留学相談に乗る時も、決して馴れ合わず、十歳は上であるかのように振る舞う。未怜はそんな安西さんを透明人間扱いしつつ、オーブンを買うお金が一向に貯まらないのだ、とこぼしていた。

――このオーブンが欲しいんです。プロはみんなこれを勧めていて、これでなくちゃ、嫌なんです。

そう言ってカウンターに取り出した家電パンフレットに載っていたのは、業務用らしき、真っ黒な箱といった代物で、ボタンさえ見当たらない。秀実には他と比べてどこが優れているのかよくわからなかったが、六万五千円の商品だった。なんだ六万円か、という言葉を秀実はすぐに飲み込んだ。安西さんは、

――ここ時給、いくらですか？

まるで留学カウンセリング中のように、鋭く割って入ってきたが、未怜は無視した。

――なかなか貯金できないんです。でも、話題のカフェには通わないといけないし。

店が休みの日は、県外まで出かけ、インスタで話題のホテルのケーキバイキングやパティスリーを食べ歩くのだという。時には泊りがけの日もある。たった一日で、バイト代はすべて消えてしまうのだそうだ。こちらの顔を見るなり、未怜は慌てた口調になった。

――あ、だって私、ちゃんとした学校に通うわけじゃないので、自分の舌だけが頼りなんですよね。だから、少しでも美味しくて、流行《はや》りの物を食べて、自分のものにしたいんです。それがないと、本当に前に進めなくなっちゃう。

秀実は会計の時に、安西さんの分も支払った。どんな日でもお弁当を作り、節約に努めている安西さんをランチに誘ったのは自分の方である。いつかはニューヨークの大学に通うため、服も買わず、飲み会にも滅多に行かず、コツコツとお金を貯めているのだ。地元の就職口はほぼ販売職しかないから、新卒の時に二次募集で、やっとここに決まったと話してくれた。秀実としても、安西さんの留学費用が貯まったら、その時は必ず、自分が斡旋に努めたいと思っている。

「あの子、ケーキ屋は開けないのはもちろん、そもそも、絶対オーブン買えないですよね。賭け

てもいいけど、六万円ぽっちも、絶対に貯められないですよ」

勝ち誇ったように安西さんは言い、音を立てずに深いうがいをすると、アイロンがかかったハンカチで口元を押さえながら、洗面所を先に出て行った。糸ようじを使いながら、ふと安西さんのお弁当を思い出す。彩りが良くいつも美味しそうだ。前日の夕食に並んだおかずを詰めただけだと言っていた。安西さんの考える実家とは、家族仲が悪くても、一円も入れなくても、とりあえず安心して眠れて、冷蔵庫を開ければすぐに口に放りこめる作り置きがある、掃除が行き届いた空間を指すのだろう。

秀実の好きなイギリスの小説や映画の登場人物はいずれも、はっきりと住む世界が固定されていて、努力しようと財産を得ようと、基本的に階級移動は許されていない。ジェイン・オースティンの「エマ」しかり、庶民の地位が急に上がるのは、もともとが高貴な血筋であると判明した時だけなのだ。そのことを特に不公平なこととは思わず、秀実はこれまで楽しく読んできた。

終業後、思いついて横丁を歩いてみた。昼間とは打って変わってどの店にも灯りがともり、肉が焼ける音や、甘辛いタレの匂いが流れ、ささやかながら活気があった。一番奥にある小さな店の前に「スナック　美冬《みふゆ》」と紫色の立て看板が出ている。アーチ形のドアを開けようと、汚れたノブに手をかけたら、酔った男の声がカラオケマイクを通じて耳にキンと響いて、その下品な言葉にひるんでしまった。いやあ、バカね、とママらしき女の粘度のある声がかぶさる。背中にぺたりと張り付いて、そのまま何日も剝がれないような、そんな声だった。店を離れる時に、二階に目をやったら、薄いカーテン越しにダウントン・アビーのお屋敷を背景にしたポスターがこちらを見下ろしていた。

未怜はノートを厳かに広げ、ベイクショップのロゴデザイン案を見せてくれた。

「まずはスコーンとショートブレッドを焼こうって決めてるんです。このベーシックなメニューの二本柱でやっていくつもりなんで、ロゴも焼き菓子を前面に押し出しました」

かじりかけのビスケットのイラストに、MIREY'Sという文字がかぶさる。同じページには描きかけの似たようなロゴがいくつもあって、途中でこれは違う、と気付いたのか、どれも太い線で乱暴に消してあった。安西さんの厳しい目つきが気になるので結局、再び一人で「くろ兵衛」に通い出したら未怜もホッとしたらしく、秀実一人を相手にのびのびとベイクショップの夢を語るようになった。最近では、店をこんな風にしたい、という具体的なイラストやイメージする記事のスクラップを見せてくれる。相変わらず、オーブンは手に入らず、お菓子を焼くこともないようだが、最近の未怜は元気が良い。

「あの人、キモくて、苦手なんですよね」

そう顔をしかめた時、秀実は咄嗟に誰のことか理解できなかった。奥岳さんを指すのだとわかり、つい、ええっと笑ってしまったのがよくなかったらしい。未怜は秀実を見て、何て能天気なんだ、と言わんばかりの顔をして、わざとのように肩を落とした。二人が一緒にいるところを見たのはほんの数回だが、奥岳さんの態度はごくあっさりとしたもので、未怜をジロジロ見たり、馴れ馴れしく接するような様子は少しもなかった。むしろ、未怜にさっさと仕事を任せて、ここを離れたいのが見て取れた。愛想は良いが、あまりこちらに踏み込むことのない初老男性で、だからこそ、秀実はこの店の常連になったと言える。

「あの人、私の母のこと、昔っから狙ってるんです。気持ち悪いよね」

記憶が正しければ、奥岳さんは結婚していないはずだ。何か言おうとして、少し前に職場で問題になったセクハラを思い出した。斡旋したホームステイ先で、ファミリーから性的な嫌がらせを受けた女性依頼人の意見を現地スタッフが聞き流し、こちらに報告しなかったせいで、その人に傷を残し、帰国する事態に陥ったのだ。まずは未怜の話を否定せずに、一度全部聞くことが肝心だ。

「えーと、じゃあ、なんで、ここで働いてるの？」

「牽制するため」

未怜は真顔で答え、厨房に戻ると、かけ汁が入った鍋をかき回した。

「私がここで働いてれば、あいつが母にちょっかい出してないか、一日中見張ることができる。それに、あいつ、母にはいい顔したいから、私がこの店をどんな風に使っても、文句言えないはずなんです。父親面がしたいんですよ。母との仲も邪魔できるし、資金なしでベイクショップも開ける、一石二鳥のアイデアなんです」

未怜は言いながら鍋の汁に映った自分に向かって、何度も頷いている。秀実はふうん、とつぶやいたものの、頭の中がぐるぐるしていた。水商売の家で育ったことへの反動か、未怜が潔癖なのは、なんとなく気づいていた。未怜の母親は、自分を好きと言ってくれる男に異常に甘く、いい顔をしすぎてしまい、結局いつもなめられる。常連との関係もなあなあで、正規の料金を取っていないから、売り上げにつながらないという話も聞いている。ホステスを雇わないのも、自分より若い女の子の隣に立つのが嫌だからだ。無愛想な実の娘に手伝わせようとするのは、これほど大きな子どもがいるにしては若く見えるというアピールにもなるし、何しろタダで使えるためだ。そういった企みがだだ漏れな母が恥ずかしくもあるし、哀れにもなるから結局、自分の負けなのだ、と冷めた顔で微笑む。

それでも、未怜の中には、母親やこの街から離れるという発想は、最初からないらしい。そのことが強さなのか、弱さなのか、それとも情によるものなのか、秀実にはよくわからない。わかるのは、未怜がずっと足踏みをしていて、その期間が一向に終わらないということだけだ。

今朝、ついに冬物のコートを下ろした。風はいっそう冷たく、吸い込むと鼻の骨が痛くなるほどだ。この街では、秋から冬にかけての時間は飛ぶように過ぎていく。秀実が去る日はあっという間に来てしまう。県内で今年初めての粉雪が舞ったというニュースを見て以来、焦りが一層募っている。

一刻も早く、彼女に踏み出して欲しい。オーブンを買い、何か作ってみるだけでいい。焦げていても生焼けでもいい。そこまで行けば、彼女なりに自分の力量が見えるはずだ。お店を開くことを諦めるかもしれないし、少なくとも、やるべきことがリスト化されるはずだ。最初の一枚のビスケットを焼き上げるところまでは、自分が縁の下から彼女を押し上げてやってもいいのではないか、と秀実は思い始めている。

気付くと、未怜のことばかり考えている。業務中、誰にも頼まれていないのに、イギリス行きのワーキングホリデーの最安値プランを組んでいた。メーカーに就職した大学時代の友達にメールを送り、傘下にあるケーキショップチェーンでズブの素人からプロに育ててもらえるような働き方はないか、と聞いたところ、隣の県にある工場勤務、社宅つきの職場を勧められた。それらを未怜に伝えても、いつもあっさりと流されてしまう。あくまでもこの「くろ兵衛」でベイクショップを開くことにこだわりがあるようだ。奥岳さんを父親のように慕っているからだろうか、とそれとなく聞いてみたら、前述のような答えが返ってきたので、秀実は仰天したのである。

自分でも、いくらなんでも未怜にのめり込みすぎているのではと自覚する客観性ならある。昼になるといそいそと「くろ兵衛」に出かけていくこちらに向けられた安西さんの目さえ見れば、わかることだ。でも、どんなにお節介を焼いてもさらりと聞き流すような未怜との付き合いに、妙な心地よさを感じているのは本当だった。未怜だったら、秀実がどれほど執着しても、面倒がらずに向き合ってくれる気がする。留学中、イギリス人の恋人に夢中になり、あれこれと世話を焼きすぎたら徐々に素気無くされた経験が、秀実の本来の性格をずっと封じていたのかもしれない。

「でもさ、一層、この店を離れた方が良くない?」

だしの香りがする湯気の向こうで、未怜は俯いた。

「うーん。そうなんですよね。わかってるんです。ただ、やっぱり、生まれ育ったこの通りで、ケーキを焼きたいんです」

突然、しっかりした声になって、うどんの丼をカウンターに置いた。

「焼き菓子の甘いにおいがこの横丁いっぱいに広がれば、何かが変わる気がするんです。男の人なしでも幸せになれるって、私の力で母に知ってもらいたいのかもしれません」

またしても、あの甘い香りが幻のように辺りを包んだ。熱いうどんをふうふう冷ましながら、秀実は向かいの焼肉屋に目をやった。

忘年会には「くろ兵衛」を利用した。幹事を務めたせいで、珍しく飲みすぎてしまった。その頃はもう、昼のうどん営業は週二回になっていた。未怜に会えるかな、と期待していたが、やっぱり夜のシフトには入っていないようだ。奥岳さんは一人でくるくるとよく働き、焼き鳥から焼きそばまで、注文するとすぐに出してくれる。さっぱりと愛想がよく、未怜の言うような湿った欲望は感じさせなかった。

会は盛り上がったが、前日に雪が三十五センチも降り積もってそれがカチカチに凍り、中心部の交通網に乱れが出たために、比較的早いおひらきになった。

帰りは安西さんのお兄さんが迎えに来てくれた。彼の大きな手を借りて、後部座席に乗り込む。冷たい窓ガラスに鼻をつけると、レンガ歩道の真ん中では、消雪パイプから水が噴き出し、左右に雪を押しやっていた。窓の外を流れていく大通りは、ほとんどの店が閉まっている。赤レンガを覆う雪のきらめきのせいもあって、イギリスの郊外のようにも見えた。

一番人気のあるあのカフェは、バルコニーがクリスマスイルミネーションで彩られている。通り過ぎるほんの一瞬だけ、店の奥が隅々までよく見えた。蛍光灯で照らされた厨房の様子が冴え冴えと飛び込んでくる。白い作業着姿で揃いの丸い帽子をかぶった女性が数人、モップで床掃除をしている。一番奥に君臨するのは黒々とした作り付けの巨大なオーブンだ。まるでその女の子たちを司り、見守る神のように見えた。すべては星のように過ぎ去っていって、オーブンの残像だけが残った。

氷のような窓ガラスが火照った頬に心地よい。秀実は一人だ。親は先に死ぬ。何かを誰かに残せるような、自分より弱いものを助けるような生き方はしてこなかった。そんな考えを打ち消したいがために、秀実は酔いにまかせて間延びした声で口にした。

「もう、いいやあ、買っちゃおう。買っちゃおう〜〜！」

わざと舌をもつれさせてつぶやいたが、兄妹には聞こえなかったらしい。マンションに着くと安西さんの肩につかまって、凍った道にブーツのかかとをそろそろと下ろした。冷え切った土と水のにおいが甘く感じられる。エントランスまでの短い坂をツルツルと足を滑らせながら秀実が進むのを、車から兄妹は見守っていた。夜空は藍色で雪を青白く見せている。部屋に帰り着いて、水を一杯飲んだ後のことは、あまり覚えていない。

スマホを握りしめたまま寝てしまったことに気付いたのは、起床時刻だった。毎朝の習慣通り、横になったまま受信メールに一通り目を通す。寝る間際に、会員登録していた某家電量販店のサイトから、例のオーブンをクレジットで一括決済し、「くろ兵衛」宛に今日の十二時から十四時の指定で配送手続きしたことを、ゆっくりと思い出した。カーテンを勢い良く開けたら、真っ白な世界が広がっている。何年かぶりにぞくぞくと背中がざわめき、叫び出したいような達成感があった。

昼過ぎに会社から長靴で「くろ兵衛」に向かった。ところどころに雪の塊がこびりつき、ビニール紐にぐるぐる巻きにされた段ボールが入り口を塞いでいた。厨房から未怜が戸惑ったような顔を出した。右手にカッターを持っているところから見て、たった今届いたばかりらしい。

「あのね、このオープンはね、私からのプレゼントなの。ずっとあなたが欲しがってたやつ」

秀実がマフラーを解《ほど》きながら声を弾ませると、未怜はやっぱり、とつぶやき、左手で口を覆った。

「夢を叶えて欲しいな、って思ったの。何も負担に思わないでね。私がしたくてしたことなんだから」

「本当にありがとう。なんて言っていいかわかりません」

未怜は言葉を詰まらせている。アイメイクの力ではなく、自然に目の周りが赤くなっているのを見て、良かった、とホッとした。

「このオープン、本当に欲しかったんです。これでお店が開けます」

そう言うと、カッターを持ったまま、こちらに走り寄って、抱きついてきた。腕に当たっている固いものは、まさか刃ではなかろうか。熱い体温、強い整髪剤のにおいが、頭の奥にツンとした。足元のマットレスが、秀実の運んできた雪で汚れているのが目に入った。

未怜が姿を見せなくなったのは、考えてみればこの日が境だった。週にたった二回のアルバイトでさえ、無断欠勤していたようだ。真っ黒なオーブンは、「くろ兵衛」のカウンター奥に鎮座し、ピカピカの扉を光らせていた。

まだ秀実が口を開かないうちから、未怜はすでに怒った顔をしていた。

年末の仕事納めの昼休みに「くろ兵衛」を訪れたら、オーブンの前の丸椅子に珍しく未怜が座り込み、汚れひとつない扉に自分の顔を映していた。秀実が声をかけると、今年はもう店終いにしようかなって思ってました、とのろのろ振り向き、鍋に入ったうどんの汁を温め始めた。

思いがけない再会に、極力、プレッシャーにならないようにしなければ、と秀実はカウンター席に腰を下ろし、何を言うべきか細心の注意をもってして、これから話すことを整理する。オーブン扉には秀実の不安げな顔の上半分と、未怜の丸まった背中、調理台の上の仕込みの済んだ串刺しの肉が映っている。

あれから二週間。奥岳さんがオーブンが迷惑で仕方がないと思っていることは、もう誰の目にも明らかだ。巨大なそれは厨房を占領しているし、この店で出る料理は、基本的にオーブンを必要としないものばかりだ。てっきり秀実は、未怜が奥岳さんからベイクショップを開く計画の了承を得ているとばかり思っていたのに、奥岳さんにそう口にしたら、苦々しく返された。

――そんな話、知らないね。あの子、夢みたいな事ばっかり言って、遊び暮らしてお母さんに迷惑かけているからなあ。バチあたりだよな。母一人子一人だっていうのに。だいたい勝手にここをケーキ屋にされたら、困るよ。甘いにおいが残ったら、夜の営業に支障が出るしね。

奥岳さんは、勝手なことをした秀実まで疎ましく思い始めているようだ。ピリピリした態度に居心地が悪くなる一方だった。

そればかりではない。「くろ兵衛」の常連である、同僚男性たちに悪い噂を流されるようになった。奥岳さんが夜、焼き鳥を食べに来た彼らに、お宅の主任に押し付けられたオーブンが邪魔で迷惑している、とこぼしたことが曲解された。秀実が奥岳さんを好きで、一方的に高価な貢ぎものをしているのではないか、という憶測が広まっている、と安西さんから聞いた時は、倒れそうになった。

安西さんはすべて包み隠さず教えてくれた上で、くだらない男どもの嫉妬みたいなもんですよね、偶然噂話をしている現場を目撃したから、全部ガセネタだ、って飛び出して行きました、主任は奥岳さんではなくベイクショップを開きたいアルバイトの女の子のためにオーブンを買ったんですよ、って、ちゃんと訂正してやりましたよ、と得意げに笑って見せた。すると、多少留学経験のある男が口をゆがめてこう言ったらしい。海外生活の長い秀実のことだから、ノブレスオブリージュのつもりではないか、というものだ。なんか、貴族の施しみたいで、主任らしいね、と。

自分ではうまくやっていたつもりだったが、期間限定の配属先で、知らず知らずのうちにそこでのやり方を変えてしまった秀実を快く思っていない社員がいたらしい。中途入社の苦労知らずが偉そうに、とも言われていたようだ。聞いたことをそのまま伝える安西さんは、秀実がダメージを受けていることに全く気づいていない。

——なんなんですか？　ノブレスオブリージュって？

安西さんにあっけらかんと問われ、フランス語で貴族が義務を負うという意味だ、と弱々しく説明した。社会の上層にいる人間は、下層階級に対して担うべき責任があるという欧米の価値観で、少なくとも留学先の大学では行き渡っていた。確かに、どの英国小説を読んでも、ブルジョワが使用人や労働者階級に施しを与える描写はとても多い。そんな「上から」なつもりでオーブンを与えたわけではない、純粋に友情だった、と反論したいが、未怜とプライベートでべったり仲良くしたいかと問われれば、そうでもない気もするので、口ごもってしまう。そもそも、英国で出会ったその概念を、秀実は日本でも社会通念化されればいいのに、と好ましく思っていた。安西さんは、本当に無駄遣いしましたね、ほら、私が言った通りになったじゃないですか、と言いつつ、さすがに同情的な態度だった。

むっつり黙り込んでいる未怜と、鈍く輝くオーブンを見比べながら、自分の何がいけなかったのか、秀実は反省してみようとする。しかし、本当に反省しているわけではなく、この経験を糧《かて》にして六万五千円の授業料の元をとりたいだけのケチ根性ではないか、と気付いて、ますます自分が嫌になる。

好きで出した金だ、それから先どう使われようと、未怜を恨むのは御門違い、とわかってはいるが、まさかオーブンに触れようともしない、とは予想だにしていなかったのだ。何か重大な聞き間違いでもしたのではないか、という気さえしてくる。

「もしかして、何かあったの？　お母さんと、また喧嘩したの？　なんでも話してみて」

どうしてもなじる口調になってしまい、ますます未怜は不機嫌になっていく。暖房の効きが悪いのか、この街の冬に秀実が慣れていないのか、店内は水の中のように冷え切っていた。うどんは全く出てこない。

「諦めたわけじゃなくて、もう少し時機を見てからにしようと思って」

もはや、うどんを出す気も失せたらしく、未怜はただ、丸椅子に座って足をぶらつかせていた。鍋の中で汁がグラグラと煮えている。

「実は、新幹線の駅構内に新しくできたバターサンドの店、私の描いたのとロゴがそっくりなんですよね。どっかでパクられたのかな？　なんか、ばかばかしくなってきちゃって」

冗談ではない証拠なのか、未怜は眉を下げてみせる。どんなに物分りよく振る舞おうとしても、つい尖った声が漏れてしまう。

「ロゴなんて、二の次、三の次でいいじゃない？　そんな事より、ビスケットを焼く事の方がずっと大事だよ。せっかくオーブンがあるんだから、まずは何か焼いてみたら、ね？　商売だと思わず、気楽な、趣味の延長みたいな気持ちで」

「うーん」

そう唸ったきり、未怜は黙り込んで、爪をいじっている。

「なーんか、ベイクショップなんてもう流行らないのかもなあ。あ、チーズハットグって知ってます？　韓国発の揚げ物なんですけど、中からチーズがとろーんと出てくるの。インスタで見て、わざわざ新幹線に乗って食べに行ったら、美味しくて感動しちゃって。あれと、タピオカミルクティーとかの方がウケるのかもしれないな」

彼女はへらへらと笑っている。娘がいるってこんな感じにちがいない、と言い聞かせ、秀実は怒りをやり過ごそうとする。秀実の両親だって、あらゆるサポートをした娘がいつまでたってもものにならない、という苛立ちを、日々味わっていたはずだ。いやいや、自分はここまで気ままだったわけではない。

カウンターの奥のオーブンを見つめると改めて、大きさもあたりの景色を飲み込むような漆黒の質感も、「くろ兵衛」から浮いていた。この店だけではなく、この横丁のどの場所にも、ふさわしくなかった。

未怜とはあまり話せず、当然うどんも出してもらえず、店を後にした。会社に帰ると、加湿器とエアコンで整えられた空調にホッとする。給湯室で買い置きしている春雨ヌードルにお湯を注ぎ、ふやけるのを待たずに、まだ硬い春雨をバリバリと噛み砕いた。秀実を悪く言っていたらしい同僚男性がチラリとその様子を見て、声も掛けずに去っていった。

その年の正月は実家に帰らず、これももう見納めだろうと、しんとした雪の街をあてもなく長靴で歩いて過ごした。一度だけ、大型スーパーマーケットの日用雑貨品売り場で未怜と母親らしき女性を、遠くから目撃した。特に不仲そうということもなく、二人は並んで商品棚をぶらぶらと眺めていた。未怜の母親に、思っていたような妖艶さや派手さはない。ごくごく平凡に見える中年の女性だった。二人は真剣な顔で何度も話し合って、とても大きなぬいぐるみとお揃いのふかふかのスリッパを買っていた。

大通りのあのカフェが閉店すると聞いたのは、二月に入ってからだった。流行っているように見えただけで、オープンからたった三年で売り上げは半分近くに落ち、クリスマス商戦で惨敗し、撤退を決めたという。バレンタインデーに合わせて大規模な閉店フェアを開催するらしい。

「この街の景気も一時的なものだったんですよね」

安西さんは向かいのデスクでため息まじりに呟いた。ここ最近、留学希望者も激減している。そのせいで、秀実の任期は短縮され、三月の半ばには戻ってくるようにと東京本社から通達があったばかりだ。真っ暗な夜空から大ぶりな雪が斜めに降っていて、そこにかぶさるように、窓ガラスには安西さんのピンと伸びた背中と、秀実の面長な顔が映りこんでいた。十九時を過ぎたオフィスに他に社員はいない。その光景に、オーブンに映った未怜のだるそうな顔が重なった。

オーブンを与えたくらいでは、何も解決しないのだ。単に、自分は大きな問題と時間をかけて向き合う勇気がなかっただけだ。理不尽に根気よく付き合うのが嫌なだけだった。未怜との間に横たわる歴然とした不平等に強い罪悪感があって、それをなくしたかった。手っ取り早く金で解決して、楽になりたかった。六万五千円ごときで、どうにかなる問題ではないのに。

「うちの実家もいよいよやばいみたい。さすがに留学だなんて、言ってられない雰囲気です」

安西さんは珍しく元気のない声で、こう続けた。

「大規模な再開発が進んでいて、この辺にすごく大きな複合型施設を作るんですよね。あの横丁も一掃されるみたいですよ。つい最近、決まったらしいです」

しばらくの間、秀実は窓の外を眺めていた。安西さんの行きたがっているニューヨークに、かって旅行で訪れた真冬、まさにこんな横なぐりの雪が降っていた。未怜とはあれっきり口をきいていない。オーブンがどうなったのかだけは、同僚から伝え聞いている。奥岳さんはオーブンをますます邪険に扱い、とうとう調味料置きにしたらしい。身から出たさびだと思いつつ、いたたまれなかった。あのオーブンが自分のせいで、陵辱《りょうじょく》されているような気分だ。喉の奥がキュッと閉じるような感覚があったが、秀実は力ずくでこじ開けた。

「安西さん、ケーキって焼いたことある？」

「ないです。ていうか、料理そもそもできないし。レンジで作る具なし茶碗蒸しくらいしか」

そう返されたが、捩伏《ねじふ》せる勢いで、秀実は身を乗り出した。

「ねえ。お願いがあるの。私の送別会だと思って手伝ってくれない？　あの店のオーブンを一回でいいから使うの。私たち、真面目だから、レシピ通り材料をきっちり量ってちゃんとやれば、何か作れるんじゃないのかな。あなたの実家の牛乳や手作りバターも持ってきてくれない？　ねえ、うどん屋さんが開店する昼間に、半休とろうよ。奥岳さんにはちゃんと話して、三時間分、借り切るから。ベイクショップ、私たちで開いちゃうの」

安西さんは呆れ顔で、こちらに嚙んで含めるような話し方をした。

「秀実さんだって、十分頑張ったんじゃないですか。そりゃ、あの子よりは恵まれてるのかもしれないけど、気を遣いすぎて、先回りするのは間違ってます。あの子を一人じゃ何もできない可哀想な人扱いするのも、差別なんじゃないですか」

彼女の主張ももっともだと思いつつ、それでも秀実は声を振り絞る。

「未怜ちゃんがどうにもならない場所にいるのは、もちろん、私たちのせいじゃないよ。私たちだけで何とかできる問題でもないよ。でも、あのオーブンが使われないのは勿体なすぎるよ。私、根が貧乏性なんだと思う、情けないけど……」

未怜のアイデアや、オーブンが高価で機能的であること、全部が全部、秀実には惜しく思われる。それが本音だった。自分はやるだけやったのだから、あとは未怜が頑張ればいい、と鷹揚に構えることがどうしてもできない。最初の一歩がなんで始まらないんだ。そして、どうしても消えないこの苛立ちを、誰とも共有できないのが、悔しくてしょうがない。だったら、自分から動くしかない。遠くから人をどうこうしようとするのが、そもそもの間違いだった。人間関係は、留学斡旋業とは違うのだ。六万五千円ぽっちしか出せないなら、ノブレスオブリージュでさえない。

しばらくの間、安西さんは黙っていた。スマホを取り出し、数分目を落とした後、腰を浮かせ、焼き菓子は初心者には難易度が高すぎる、具材を切ってカスタードを流し込んで焼くだけのこちらなんてどうでしょう、茶碗蒸しみたいだからなんとかなるかも、とデスク越しに端末を指し示した。

未怜は最近、ずっと眠っている。いくらでも眠れる。母親はそんな未怜を穀潰しだとか、あんたのせいでひどい人生になったとか、ありったけの悪意をかきあつめて罵っていたが、そんなことで邪魔されないくらいに、眠い。目を閉じると、すぐに暗闇に引き込まれる。

まぶたの向こうには、ダウントン・アビーのポスターのお屋敷が浮かんでいる。使用人と貴族にくっきり分かれた世界。それがないことになっている日本より、ずっと良心的で、正直だと思う。

早い段階から、未怜は色々なことがどうでもよくなっていた。スナックの騒音のせいで、試験勉強を諦めて寝てしまったあの夜だろうか。そのずっと前かもしれない。給食費をどうしても払えないはずの母が、未怜を今は亡き祖母に預けて既婚の男とマカオ旅行に出かけた時か。未怜にはスーパーの値引きされたお惣菜しか食べさせないのに、恋人でさえない、気まぐれに店を訪れるサラリーマンのために、料理本とくびっぴきで煮込み料理に挑戦していた母の必死な背中を見た時か。そうかと思えば、マスカラが溶け出した瞳で見つめられ、未怜は頑張って、ママみたいな人生にならないでね、と抱きしめられて同じ布団で眠ったあの夜か。

この状況を変えるには、今からでも遅くないが、人の何倍も頑張らないといけないというのが、たった一つの真実だ。でも、気力を振り絞ろうとすると、どうして私ばかり、という気持ちが芽生え、未怜の足を強く引っ張る。どうして、自分だけが、階下から響く男たちの歌声に耳を塞いで、英単語を詰め込まなければならないのか。どうして、自分だけが、母を喜ばせるために、気色悪い常連に肩を抱かれて昔の歌謡曲を歌わなければならないのか。色々考えているうちに、何をやっても上の空になる。バイト先の店長に怒鳴られながら、笑顔を浮かべて接客しなければならないのがこんなに苦痛なのは、本当に未怜が怠惰なせいだけなのだろうか。

ベイクショップを始めたいという気持ちに嘘はなかった。本気でオーブンが欲しかったし、店を立ち上げたい気持ちもあった。しかし、いざ、レシピを眺めたり、見よう見まねで原価計算してみたりすると、だんだんと気持ちが萎《な》えていく。はっきりわかったのが、自分の本音とは、お菓子を焼きたいということではない。何もしたくないということだった。少女時代、同級生の家で、彼女のお母さんが焼くケーキをただ待っていたような、焦りも不安もなく、あたたかで安心な時間を過ごしたかった。イギリスのドラマや映画を見ていると、そんな何もしなくていい時間が当たり前のように描かれていることが多い。空腹を満たすためでも、何か議論をするためでもなく、ただお茶を飲み、お菓子を食べる。そんな時間の使い方に、未怜は憧れた。

秀実さんと過ごした時間はまさに、そういった類のものだった。秀実さんは物知りで、上品で、バリバリ働いているのに、何人かいる無職の常連さんよりも、ずっとのんびりしていた。服も革製品も派手なものを身につけているわけでもないし、数もさほど持っている感じもないのに、どれも目に心地よく、よく手入れして使い込んでいるのがわかった。未怜が何を言っても否定せず、受け止めてくれた。かといってお高くとまっているわけでもなく、なぜかダウントン・アビーに出てくる中年のメイドさんを思わせた。そして、秀実さんはびっくりするくらいケチだった。

稼いでいるはずなのに、うどんを食べに来るくらいでほとんど消費をしない。買い物にも外食にも興味がない。さりげなくケーキバイキングに誘っても、行列が苦手で、とさらりとかわされた。休日何をしているのか、と聞いたら、紅茶を淹れて、図書館の本を読んでいる、と答えられて、未怜はショックを受けた。かかっているお金といえば茶葉代だけだ。なのに、なんて優雅に聞こえるんだろう。未怜にとって紅茶とは専門店で飲むものだった。試しに、見よう見まねでマグカップにリプトンのティーバッグで比較的丁寧にお茶を淹れてみたけれど、少しも美味しくなかった。いいポットやティーカップがなければいけないのかも、と食器屋を巡ることにした。楽しかった。そこで買った可愛いティーセットは、結局使わず、時々眺めるにとどめている。誰かと親しくなっても、いつの間にか疎遠になったり、向こうから離れていくことが多いのに、秀実さんは最後までそうはならなかった。

最初はみんな未怜の状況に同情するし、お店を開く夢を応援してくれる。でも、すぐに未怜が時間を守らないことや、よくものを買うことを批判し始める。これまで自分が未怜に使った感情はすべて無駄だったと言わんばかりに、男も女も冷淡になり、背を向ける。高校の同級生も、店を開くために集まった幼なじみもバイト仲間も、みんなそうだった。

未怜にとって本当に楽しいこととは、すべて消費活動を指した。それは、これから先もずっとそうだろう。

何かを生み出したところで次の瞬間に結果が出るというわけにはいかない。それよりも、買ったり食べたりすると、心や体の栄養に一瞬で変換されるのがわかって、未来への道のりが明るく開けていく。綺麗なものや美味しいものはいつだって未怜の疲労を癒してくれる。真新しいワンピースを着て、かわいいカフェで、ピカピカのお皿に載った旬の果物が透明なジュレのベールで覆われたサクサクのタルトを崩しながら熱い紅茶を飲んでいると、母の身体を触る客の姿も、バイト先でもう誰からも口を利いてもらえなくなっていることも、どうでもよくなってくる。いつかお店を開くためだと思えば、お菓子巡りもかわいい雑貨を見て歩くことも、胸を張れる助走期間になった。

それが母そっくりの性質であることに気付いたのは、母がカフェの開店資金を勝手に使って、首のシワを取る手術を受けていたことをようやく白状したからである。この手術は意味のあることなんだ、長い目で見て欲しい、と母は怒った顔で主張した。自分が若く綺麗でいることが、できるだけ今を楽しく過ごすことが、家計を支えることになるのだから、無駄遣いではない、未来への投資なんだ、と彼女は何度も言った。腹は立ったが、深く納得している自分もいた。

そして、わかった。ときめきをお金で買う必要がない人生こそ、最高に恵まれているのだ、と。ケチというのは、特権なのだ。

それなのに、恵まれない人間には、恵まれている人間以上の節制が求められるのだ。マイナス地点から苦労してスタートし、奮起して、贅沢はせず、感動的な成長を見せろと求められる。世界が平等であるように錯覚させてほしいのだろう。そんな身勝手なストーリーを期待されると、辟易してしまう。人が離れていくたびに自己嫌悪を覚える一方、腹立たしくもあった。何でどいつもこいつも、私に過剰な期待をかけるの？　私って誰かの後ろめたさを解消する装置か何かなの？

もともとハンデがあるというのに、どうやって平均以上に頑張る気力が湧くというのだろう。未怜は超人ではない。何もしたくない、という本来の願いに蓋をして、駆り立てられるようにしてケーキを食べ歩いていると、身体は重くなり、ささいなことがどんどん億劫になってくる。無駄遣いをやめること、部屋を片付けること、バイトの時間を守ること、服にアイロンをかけること。ちょっとしたことが本当にどうでもよくなる。

秀実さんは他の誰とも違った。どんな人よりも親身になってくれたし、未怜に背を向けることもなかった。一番欲しいものをプレゼントしてくれさえした。しかし、その結果、未怜は今度こそ、本当に何もしたくなくなったのかもしれない。

寝返りをうつと、むき出しの膝が、床にごとりとぶつかった。寝ているだけなのに、生きていて今ほど、重力を実感したことはない。見渡せば、安い雑貨や料理本ではちきれそうな部屋が、細かいホコリと一緒に未怜の上に落っこちてきそうだった。昨日から何も食べていない。もとより、この家には常備されている食料がない。ほとんど調理しないはずなのに、いつも油汚れとカビで覆われている台所で自炊する気なんて、絶対に起きない。

オーブンをもらったことで、夢見ている時間さえ奪われたのだ。未怜は向き合わざるをえなくなった。自分はお菓子を焼けないし焼く気もないし、どんなに努力しても店を立ち上げることはできないし、この場所から抜け出すことさえ不可能だということに。説明書を手に取ることもせず、オーブンのドアを開くことさえ、怖い。そもそもあのオーブンのそばに行きたくもない。黒々とした大きなそれは威圧的で、毎秒毎秒、途切れることなく未怜を責めてくる。

秀実さんが期待を込めた目でこちらを見ることも、だんだん嫌になってきていた。勝手にあっちが思い描いたストーリーに乗せられることに、怒りを覚えるようになってきた。秀実さんのあの、こちらの機嫌をとるように見せかけて、自分の思う通りに物事を進ませたい偽善的態度を見ていると、悪いとは思っていても、未怜はどんどん不遜になってしまうのだった。六万円ごときで、私の人生を買った気になるなよ、とも思う。むこうの焦りを感じ取ると、苦労知らずの秀実さんを懲らしめてやりたい、もっと困った顔をさせたい、と奇妙な喜びでゾクゾクした。無断でバイトを休み始めた当初は、奥ちゃんから何度も電話がかかってきたが、布団をかぶって無視を決め込んだ。母がギャアギャア騒いだ。やがて、本当に誰からも連絡は来なくなった。

秀実さんと、友達になりたかったわけではないと思う。多分、あの人の娘になりたかった。秀実さんに育ててもらい、美味しい紅茶を淹れてもらいたかった。あの人に守られて、ふかふかの布団で、好きなだけ眠りたかった。

大通りのカフェが閉店し、この横丁さえなくなると聞いた時、最後の気力の柱が折れた。母は未怜以上に現実に向き合いたくない様子で、この店を引き払ったらいくらもらえるのか、立ち退いたらどこに行くのか、ということさえよく理解できていないらしく、聞いても答えてくれない。最近では母もまた、店のソファで寝てばかりいる。巨大なショベルカーがやってきて、この店だけではなく、未怜も母もどこかに運んでくれないかな、と夢想する。

奥ちゃんは他の人には感じが良いけれど、昔から未怜と母に対してだけは、威丈高だった。「父親代わりみたいなもんなんだから、なんでも相談しな」「お前さんたちは危なっかしくて見ていられない」といって、目を細めるのが癖だった。急に頭を撫でられたこともある。保護者ぶっているくせに、母のことをあわよくば、という目でチラチラ見ているのが、言葉にならないくらいキモかった。それが、オーブンが店に届けられて以来、徐々に未怜たちへの興味を失っていった。一方、母はといえば、奥ちゃんに避けられているのではないか、と不安がっていた。特に好きだというわけでもなかったのに、みっともなく連絡を取ろうとしたり、「くろ兵衛」の周りを物欲しげにウロウロしたり、そうかと思えば、余計なことをして、と秀実さんのことを恨んだりして、未怜をいたたまれない気持ちにさせた。

秀実さんの突然のプレゼントは奥ちゃんだけではなく、この横丁に波紋をもたらしている。誰もが秀実さんを、この街を下に見たお高くとまったいやな女だと思っている。職場でさえ評判は悪いらしい。みんな口ではいろいろ言うが、彼女が未怜のためにその財力と余裕を見せつけてしまったことが、原因だ。母とスナックの客がオーブンを話題にすると不機嫌になるのを盗み見るのが、未怜は面白くて仕方がなかった。この点に関しては、痛快きわまりない。秀実さんの、無意識のうちにこの街の人間のプライドをなぎ倒してしまう天真爛漫さに、長年の溜飲が下がる思いがした。その一方で、この横丁に、こんな奇跡はもう二度と起きないだろうとも、静かに思う。つまり、何の見返りもなく、富裕な女性が貧しい女性に高価な何かを贈るという事例だ。未怜と横丁の住人が、力を合わせてそのことを無意味なものにしてしまったのだから。

あの人はどうしてそんなにまでして、私にビスケットを焼かせたいのだろうか。お菓子を焼いたくらいで状況が変わらないことは、あの人なら、よくわかるだろうに。でも、もういい。この通りもなくなるし、秀実さんもそのうちこの街からいなくなる。

まぶたにふんわりと何かあたたかいものが触れた。

甘いにおいがどこからか流れてきたのだ。未怜は思わず起き上がった。カーテンを開け、窓を大きく放ち、肌に風を感じた。奥ちゃんの店からそれが漂ってくる事は、考えなくてもわかる。

スウェットの上にコートを引っ掛けて、久しぶりに階下に降りていく。母が店の革ソファに仰向けになって、口を開けたまま寝ていた。細い首は、シワが消えたことでかえって弱々しく見え、上下するだけでポキンと折れてしまいそうだ。

ドアを押すと、卵とバターの甘く香ばしいにおいが、冷たい風とともに頬に吹き付けてきた。未怜は小さな歓声をあげ、横丁を入り口に向かって歩き始めた。ずっとずっと、生まれ育った土地をこんな良いにおいでいっぱいにしたかった。距離が縮まるうちに、今焼かれているのがブレッドアンドバタープディングだということが、わかってきた。たくさん食べ歩きをし、料理本を読み漁った成果だった。レシピや動画でしか知らないお菓子だけど、故ダイアナ妃の愛した、パンと干しぶどうにカスタードを流して焼いた、サクサクしてしっとりして、温かいおやつ。アマレットの甘い香りには、かすかな春の気配が混じっている。

お菓子の焼ける香りに導かれ、赤レンガの大通りが見えてきた。未怜の歩みはどんどん早くなっていく。

トリアージ2020

アラカシの生垣から、女性の頭がちょこんと覗いたのは、猛暑の午後のことだった。

升麻《ますま》梨子《りこ》はリビングの大開口窓のサッシに腰掛け、庭に出したビニールプールに足を浸し、ジュースを飲んでいた。唇の周りにはヒゲが生えているし、綿ワンピースは汗ではりつき、最近、肥大化してきた乳首が浮き出ているかもしれないが、突然のことで取り繕うこともできない。そういえば、もし、母が訪問するのであればこれくらいの時間、とよこちんからＤＭが届いていたような気もするが、すっかり忘れてしまっていた。升麻梨子はさいきんいつも眠くて、ぼんやりしている。

「ポッカレモンさん？」

マンションをとり囲むキンモクセイの木々から聞こえてくる蝉の鳴き声を蹴散らすような、はっきりした声で女性はそう尋ねた。来客相手に失礼とわかっていても、立ち上がるのがおっくうで、升麻梨子はそのままの体勢で、乾いた唇をこじ開けた。

「はい、そうです。ポッカレモン……、升麻梨子です。ええと、よこちんさんのお母さま、でいらっしゃいます……よね？」

数日ぶりに聞く自分の声は、あちこちがひきつれているようだった。サンバイザーに薄い紫のサングラス、マスクのせいで、容貌はわからないが、よこちんと升麻梨子はともに四十歳だから、六、七十代くらいだろうか。

「はい、横山典子《よこやまのりこ》ともうします。娘がいつもお世話になっております」

そう言って、軽い会釈をした。よこちんの本名は、横山なんとか、そうそう……マナミさんだっけ。お母さんがどこまでよこちんと自分の関係を知っているかはよくわからないので、升麻梨子は曖昧に笑ってみせた。

庭の低い位置からだと、よこちん母の身長は高いように見える。でも、生垣で首から下が隠れているだけで、よこちん母の立つ位置はここから見て左側、つまり坂の上の方だから、実際に足がついている場所は升麻梨子の目線からおよそ五十センチ以上は高いはずだ。

升麻梨子が終《つい》の住処《すみか》として購入したこの古いマンションは、急勾配の坂の途中に建っていて、一階の庭は傾斜に沿った生垣で目隠しされている。通行人が立つ場所によってはこんな風に視線がぶつかるため、生垣を高く作り直して欲しい、と契約の段階でオーナーに伝えてある。その時は春には取り掛かる、という話だったのに緊急事態宣言のせいで、うやむやになっていた。やるからには庭師さんを大勢呼ぶ必要があるので、この様子だと新型コロナウイルスの感染者数が下がってからのことになりそうだ。

女の一人暮らしに一階はどうなの？　という声もあったのだが、田園地帯で育った升麻梨子は小さくても芝生が元気そうな庭が気に入った。それにすぐ一人暮らしではなくなる。

「何ヶ月ですか？」

よこちん母のサングラスが日差しを跳ね返し、升麻梨子は咄嗟に瞼の上に手を翳した。その視線は、ビニールプールの水面に今にも触れそうな、大きなお腹に向けられているのかもしれない。

「七ヶ月です。予定日の秋には、もうちょっと……、この状況が落ち着いているといいんですが」

生垣沿いに誰かと会話をしたのは、これが初めてである。今年一月に妊娠が判明するなり、すぐ産院を決め、そこから逆算して住まいを探した。三月末にリモートワークに切り替わって以来、ずっとここで一人で仕事をしている。妊婦にウイルスを運んではならないからと、訪ねてくる人は皆無だった。九州に住む両親は高齢で、娘の体調や一人きりの出産を心配してはいるが、県をまたいでの移動は控えざるをえない。

よこちん母がユニコーンの形をしたレインボーカラーのビニールプールをじっと見ている気がしたので、升麻梨子は先回りした。

「気が早くて……。こもりきりなんで、ついついネットショッピングで発散しちゃって……」

性別がわかってからというもの、プリンセス風の女児玩具を見るとカートに放り込んでしまう。お腹の子がわりあてられた性別がしっくりくるかも、つらいかもわからないし、そもそも好みさえも不明だ。良くないなあと思いつつ、小さい頃、この類に憧れていたのに買ってもらえなかったせいもあって、どれもこれもが欲しくてたまらなくなる。少しでも不安を減らしたくて自費でPCR検査を二回も受けているため、あれほど完璧な出産計画を立てていたにもかかわらず、家計はかつてないほど逼迫《ひっぱく》していた。

「仕方ないわよ。ただでさえ、異常な状況ですものね。もどり悪阻《つわり》がひどいんですって？　私もマナミを産む時、同じだったの、炊きたてのご飯のにおいも無理だった」

よこちん母のいたわるような口調に胸を突かれ、ビニールプールの水がゼリーみたいに横に揺れた。

「まさにそれですよ。栄養をとらなきゃな、とは思うんですけど、こういうのばっかり……」

赤くなった目を隠そうと、パック入りのすいかジュースを顔まで持ち上げてみせた。それは升麻梨子の勤めるデザイン会社が手がけた商品で、今にも果汁がしたたりそうなすいかの断面が目を引くパッケージだ。去年、職場でみんなと試飲した時は「ちょっと味薄くない？」と言い合っていたけれど、悪阻が再開してから、ふと思い出して取り寄せてみると、はかない甘みと瓜の香りが全身に染み渡るようで、以来ケース買いしている。

二週間に一度に増えた妊婦健診では、しきりにバランスの良い食事を、と言われているが、これとヨーグルトかゼリー、アイス、めんつゆさえかけないそうめんが、今の升麻梨子に飲み込めるものだった。買い物はネットで済ませており、仕事をゆっくりとこなし、外出するのは健診時だけ。軽い有酸素運動が必要と、どの妊娠出産マニュアルにも書いてあるが、自粛要請とこの暑さで、担当医師もウォーキングしろとは言わなくなった。両親学級も中止になった。ストレッチくらいしなければとは思うものの、動くことはもちろん、爪を切ることや靴下を履くことさえ、お腹が邪魔をしておっくうだった。業務中もネットで「コロナ　出産」で検索してばかりだが、どんな識者であれ「手洗い、うがいをしっかりして、出産本番が少しでもスムーズにいくように、体調を整えよう」としか現段階では言えないようだ。

「これ、自分の時を思い出して、食べられそうなものを見繕ってきたの。しっかりパストリーゼで消毒してきたし、私、このところ誰にも会ってないから、安心して」

そう言って、よこちん母は生垣越しに保冷バッグを差し出した。手にはビニール手袋がはめられている。升麻梨子はよいしょ、と声に出して、窓枠につかまりながら、そろそろと腰を伸ばした。膝の皿と骨盤がフワッとした不穏な動きをしたかと思うと、腰に短い痛みが走る。たったこれだけで喉の奥にムカつきがこみあげ、視界がぐらりとする。熱い芝生に濡れた足の裏をつけた。近付いていくと、よこちん母は保冷バッグを生垣に載せて、素早く退いた。

「すみません。ありがとうございます。助かります。ここにくるまでかなり急な坂だし、暑いのに……」

胃が圧迫されないように恐る恐る頭を下げながら、保冷バッグを受け取った。太陽の下に出たのはわずか数秒なのに、髪も頭皮もどんどん熱くなっている。

「いいの、いいの。ちょうど、この坂、いつものお散歩コースの途中なの。お大事にね。少しでも食べられますように。さようなら」

顔を上げ終わる頃には、よこちん母は姿を消していた。

升麻梨子は生垣から身を乗り出し、坂を上っていく背中を見つめた。思った通り、きゃしゃで小柄な女性だった。炎天下だというのにぴったりした長袖シャツとパンツの黒ずくめスタイルで、シャキシャキと歩いている。

風水好きの同僚に、傾斜に建っている家ってどう思う？　と相談したら「建物の正面に向かって右側が高くなっている土地は子どもが家を出るのが早い、とは言われているよね」という答えが返ってきたが、さして気にならなかった。こんな時代の母子家庭、子どもがいつまでも自立しなかったら、困るのはこっちである。

坂の下の方には、通っている総合病院が見えた。歴史は長く、戦前は伝染病専門の隔離病舎だったらしい。升麻梨子はしばらく生垣にもたれたまま、丘を切り開いて作った街を見下ろしていた。越してきて以来ほとんど出歩いていないから、どこか絵画のように思えた。

キッチンで開いた保冷バッグには、完熟トマト五個、ツナのオイル漬けパック、カッペリーニ一袋、ガーリックハーブソルトの瓶が入っていた。どれもひんやりしているのは、冷凍カットレモンの大袋が保冷剤の役割を果たしているからだ。今はこんな便利なものが売っているのか、そして、こんな上手い使い方があるのか、とさわやかな風を頬に受けたような気持ちになった。手作りのものが一つもないのには安心したが、調理となるとおっくうだった。もともと料理は好きな方ではない。自粛開始時はUber Eatsをたまに利用していたのだが、この辺りで配達可能なのはチェーン店ばかりで、今の升麻梨子にはどれも味付けや香料が強いように感じたし、なにしろ節約もしなければならない。受け取り後の消毒にも気を揉みすぎて、すぐやめてしまったのだ。

『カッペリーニの中でもとくに茹で時間が少なくて済むものを選びました。もはや、そうめんと変わりません。茹で上がりを水で洗い、ツナを油ごとあえてください。トマトは上から手でつぶして、ソルトをふりかけ、レモンを添えて。これでだいたい五食分です。母子ともにお健やかでありますように。　横山』

　さらさらと流れるような筆跡のメモに背中を押され、升麻梨子は鍋に湯を沸かした。確かにカッペリーニはすぐ茹で上がり、トマトは簡単に手でつぶれて、冷たくて甘いソースになった。くっきりとした赤と黄色が食欲をそそり、思わずスマホで撮影、Twitter に「親切な方のおかげで久しぶりにまともな食事ができた（泣）」と投稿した。酸味と甘みで冷たい麺がするすると入る。ツナで久しぶりにタンパク質までとれたことにもほっとした。それにしても会ったことがない友達の母親のおかげで食事をしているのは、不思議な感じだ。

『先生、お腹の子に障害は出るんでしょうか。私の不注意のせいで……』

　テレビ画面では気管支喘息で運ばれてきた妊婦が青ざめている。最近は何をするにもずっと「トリアージ～呼吸器内科医・宝生雅子《ほうしょうまさこ》～」を流しっぱなしにしていた。この二〇〇〇年放送回は、升麻梨子がドラマにハマるきっかけになったお気に入りのシーズンである。よこちんに言わせれば『前年放送されたシーズン10は価値観が古く、コメディ部分も悪ふざけが目立ち視聴率は最悪、シリーズ終了とも噂された。で、制作陣は反省点を踏まえ、視聴者の声や時代性をしっかり取り入れるようになった。この11は本格医療モノに舵を切った記念すべきシーズン。さすが、ポッカレモンさん、お目が高い』そうだ。

　よこちんと升麻梨子は長寿番組トリアージの話題を通じてネットで知りあった。実際に会ったことは一度もないが、Twitter 上での交流はかれこれ九年にも及ぶ。升麻梨子はトリアージだけではなく好きな海外ドラマや映画などのイラストを趣味でぽつぽつ描いていて、気が向いたら投稿するという使い方だが、よこちんは有名でフォロワーはそろそろ十八万人に届く。言葉選びが抜群に上手く、敵を作らない知性の持ち主なのに、つぶやくのはトリアージネタのみ。実況では敬語で落ち着いているのに、作品を分析する時は何故かはっちゃけたテンションで、そんな落差も魅力だった。最近は比較的おだやかなトーンで投稿数や内容もぎゅっと絞られてきたため、もはや貫禄さえ漂わせている。

升麻梨子がつぶやき始めたのは、Twitterが非常時の連絡ツールとして脚光を浴びた、二〇一一年の震災直後だ。自己紹介がわりに、宝生雅子が診察室に飾っている陶器人形のキツネを描いてなんの気もなしに投稿したら、『トリアージ好きなんですか？　私もこのキツネ、なんなのかずっと気になってました』というリプをもらった。それ以来、五日に一回くらいの頻度でやりとりを交わし、現在に至る。升麻梨子がよこちんについて知っているのは、自分と同じくトリアージが放送を開始した八〇年生まれであることと、ハマったきっかけだけだ。よこちんは中学三年生でレジオネラ肺炎にかかり、ＩＣＵで昏睡状態にまで陥った。長期入院していた時、ベッド脇のテレビで流れていたトリアージがあまりにも自分の環境と重なったため、引き込まれたのだそうだ。

『トリアージの呼吸器内科の描写はガチ。自分が気管切開して人工呼吸器つけていたことがあるからわかる』

そのせいかどうかはわからないが、よこちんは制作サイドのアカウントまでが敬意を払うほどの知識の持ち主だ。シーズン1〜3はメインキャストの一人が大麻所持で捕まったことが原因でソフト化もされず、再放送もされていないのに、なぜか、隅々まで内容をよく知っているのである。

『正直、今の価値観だとこれどうかな？　ってところはあるけれど、研修医時代の宝生先生を見られるし、なんで先生が呼吸器内科を選んだか理由もわかるから、やっぱりもう一回見たいです。#初期トリアージＤＶＤ化希望』

七年前、彼女のこんなつぶやきを発端に、ネットで大規模な署名活動が起こり、八〇、八一、八四年放送分が商品化されたという経緯がある。あの時は、升麻梨子も高額なＤＶＤボックスを予約注文したのだった。よこちんの指摘した通り、初期のトリアージは、宝生雅子が恋愛と仕事を天秤にかけて悩むなど、二〇〇〇年以降についたファンからするとどうでもいい回も多く、医療の描写もフンワリしている。現在はいぶし銀のベテラン名優として賞賛される主演の宮代《みやだい》かをるは、当時「お嫁さんにしたい女優」という評価だったらしく、肌は陶器のようで大きな瞳とぷっくりした唇が愛らしいけれど、現在とはほぼ別人のような天然ドジキャラを演じている。しかし、よこちんが『それだけトリアージが時代とともにアップデートを繰り返し、練られてきた上質なコンテンツであるという証』と総括したおかげで、ネットユーザーがこの意見にひっぱられ、リアルタイムで放送していたシーズンの評価はうなぎ上りになったのである。

『適切な診療があれば、妊娠中も喘息治療薬の投与は可能です。胎児に影響もありませんよ』

激しく咳込むうちにうっすら目を赤くする妊婦に対して、宝生雅子は淡々と告げている。こんな風にトリアージでは妊婦が患者になることも多い。呼吸器内科と産婦人科が連携し、出産までしっかりサポートする描写は、この状況下では何よりもほっとする。

『不注意による病なんてものがもし存在するのならば、この世界に医療は必要ありませんよ』

宝生雅子はどんな時でも落ち着いていて、他の医療ドラマのようにタンカを切ったり、イチかバチかの賭けにでたりしない。連ドラ、映画版、スペシャル版など形態を変えながら、新しいファンを獲得しつつ四十年も続いているのは、この地に足のついた姿勢のおかげだろう。昨年放送されたシーズン19の最終回では、雅子がついに大学病院を定年退職し、これで見おさめかと思いきや、すぐさま過疎化の進む地方都市で開業し、ファンは大喝采。番組史上最高視聴率を記録した。

皿を洗った後、さっそくスマホを引き寄せ、よこちんにDMを送った。

『お母さん、きてくれたよ。いただいたご飯、おいしかった。久しぶりに人としゃべって、まともなものを食べました。嬉しかった。お礼を伝えておいてください。本当にありがとうございます』

よこちんが現在、どこでどんな暮らしをしているのかよくわからない。投稿時間はまちまちだけど、ほぼ毎日つぶやいているので案外、時間の融通がきくフリーランスなのではないか。彼女はフォロワーにはもちろん、升麻梨子にさえプライバシーを明かそうとしなかった。三月の半ば、投稿したイラストをよこちんがいつにも増して気に入り「あの原画を買わせてくれないか」と申し出た時もそうだった。それは、無口でそっけないベテラン看護師長・沖田《おきた》和子《かずこ》が宝生雅子とカフェで向き合い、フルーツたっぷりのパンケーキを仲睦まじげにつついているという、ドラマでは絶対にありえない場面を描いたものである。『値段をつけるほどのものじゃないよ。よければ送るけど？』と返事をしたら、都心の郵便局の私書箱を教えられた。用心深いなあ、とは思ったが、たまたま家にあった額縁にイラストを入れて梱包し、このマンションの住所から送ったのだ。あの時、よこちんはいたく感激していたから、そのお礼に今回、実母を差し向けたのではないか、と升麻梨子は考えている。

『悪阻、相変わらず？　あのさ、ポッカレモンさんの住んでいる場所、うちの母の家の近所なんだ。よければ、母に様子見にいかせようか』

よこちんがそう言いだしたのは、おとといである。秘密主義のはずの彼女からの唐突な申し出は、いつもなら丁重に断るところだが、升麻梨子は『誰か来てくれたら本当に嬉しい』と返してしまったのだ。

あの夜は、コロナ禍による家庭内の虐待増加の話題をラジオで聞いて、不安がピークだった。匿名アカウントなのをいいことに、升麻梨子はフォロワーの増減も気にせず、『むくみやばい』『そうめんしか無理』『一人で産むの怖い』などと不安をダダ流しにしている。これでも、周囲には冷静沈着な人間として通っているのだ。一人でも産んで育てる宣言をした時、結局別れることになった相手の男はもちろん、女ばかりの同僚も、友達も、孫の顔が見たくてたまらないらしく世間体がどうのとは言わなくなった高齢の両親も、誰も反対しなかった。升麻梨子ならやれる。みんなそう思っていたし、自分自身もそう思っていた。しかし、この五ヶ月におよぶ自粛生活とウイルス拡大ともどり悪阻のトリプル攻撃で、人生で初めてといっていいような、情緒不安定に陥っている。最初のうちはＺｏｏｍやFaceTimeを通じてしょっちゅう友人たちと連絡を取り合っていたのだが、緊急事態解除宣言が出るなり、みんな元の暮らしに戻ってしまい、声をかけづらくなっていた。

タイムラインを見ると、よこちんは通常運転だった。今年はトリアージ放送開始四十周年の記念すべき年だというのに、予定されているシーズン20の放送が延びに延びている件で、ファンの間で不満が爆発している。宮代かをるだけではなくレギュラー出演陣も高齢者が多く、制作サイドが感染拡大下での撮影に慎重なのは当然だった。よこちんはいつものように過激ファンをなだめながらも『コロナについて、宝生先生の意見を聞きたいっていう気持ちはわかります』と理解を示し、宝生雅子がＳＡＲＳ対策のために中国に派遣された二〇〇三年放送のスペシャル版についてさりげなく話題を誘導していた。

自分もそうかもしれない――。大丈夫ですよ、と宝生雅子先生にテレビ画面から静かな表情で言われたいのだ。こんな暮らしで合っているのか、こんな調子でも酷い目に遭わないのか、御墨付きが欲しかった。今日だって、本音を言えば、よこちん母を引き止めて、もっともっと話を聞いてもらい、それでいいの、と肯定して欲しかった。

その夜、よこちんからＤＭは返ってこなかった。歯みがきを終えると、冷房を除湿に切り替え明かりを消す。蟬の鳴き声が余計に気になる。ただでさえ、胎動が激しくなってから眠りが浅くなっていた。なかなか寝付けない時は、なにかの本で読んだように、呼吸を意識するように努めている。そういえば、トリアージとは多数の患者がいる場合、一人でも多くの命を救うために治療の優先順位を決めることを指す医療用語らしい。その時、呼吸数は重要な判断基準になる。こんなことを教えてくれたのもよこちんだったよな、と思いながら目を閉じ、すうと息を吸い込み、口からゆっくり吐き出した。

よこちん母こと横山さんはそれから二日後、食材の入った保冷バッグを手にやってきた。

生垣を挟んで、彼女は街の様々な情報を提供してくれた。どこそこのスーパーマーケットはソーシャルディスタンスや消毒を徹底している上、平日の十四時台はガラガラに空いている、あそこのドラッグストアでは時々パストリーゼを安く扱っている、区役所のそばの保育園は園庭も広く評判が良い、などなど。そんな話を聞くうちに、庭から見下ろす景色にどんどん親しみを感じられるようになった。

上品で落ち着いて見える横山さんだが、アクティブで流行《はや》りものにも詳しかった。駅前に出来たダルゴナコーヒー店をさっそく覗いてきてみたの、ちょっと前まではタピオカミルクティー屋、その前はエッグタルト専門店で何をやっても続かないバミューダ海域みたいな場所なんだけど、今度のコーヒーはなかなか美味しいの、確かノンカフェインで注文できたはず。今度買ってきてあげようか、と約束してくれた。彼女は手作りを決して持ってこなかったが、たぶん料理が好きなのだろうということはなんとなくわかった。升麻梨子が生垣越しにそれを指摘すると、

「ついこの間まで、家庭科の教師をしていたの。すぐそこの中学。定年まで四十年以上も勤めてた」

と、丘の下にある校舎らしき建物を指差した。道理で説明や指示がわかりやすいわけだ、と升麻梨子は納得した。

「母一人子一人だったからね。あの時代、教職をとっておいて、本当に助かったなあ」

サングラスとマスクのせいで表情はわからなかったが、しみじみとした口調だった。よこちんが母子家庭育ちというのは初耳である。お腹の子どもが、ほら、言っちゃいなよ、とけしかけるようにキックしてきた。

「あの、うちも一人で育てる予定なんです！」

横山さんは、あら、そうなの、と親しみのこもった声をあげ、急に早口になった。

「昔と違って一人親にも親切な地域のサービスが最近は増えたしね。積極的に利用されるといいんじゃない？　あ、よければ、私、この辺りの行政のこと、あれこれ調べてみる」

「わあ、ありがとうございます。心強い……」

升麻梨子が感謝を示すと、横山さんは頼もしげに胸を張った。

「いいの。いいの。暇だけはあるんだから」

「確か、マナミさんは中学生の時、大病されたんですよね？　お一人での看病とお仕事、大変でしたでしょうね」

なにげなくそう続けると、横山さんはふいに黙り込んだ。失礼なことを言ったかな、と升麻梨子はたちまち不安になった。よこちんは高校のうちに肺は完治した、とつぶやいていたけれど、母親として娘が病に苦しむ姿はあまり思い出したくないだろう。シングルマザーの先輩と聞いて、つい踏み込みすぎてしまった。ずっと人としゃべっていないせいで、会話におけるブレーキやアクセルの勘がにぶっている。

「あの病院なの」

横山さんは、ふいに振り返って、升麻梨子の通っている病院を指差した。

「あそこに入院していたの、うちの子。ちょうどこんな季節。卒業まで入院していたの」

横山さんが気分を害してはいないようなので、升麻梨子はひとまず胸をなでおろした。

「そうなんですか。私もあそこで産む予定です。そうか、あそこの呼吸器内科、昔から有名ですもんね。あっ、だから今もコロナ患者を積極的に受け入れているのか」

よこちんのルーツが重なると、いつもは感染対策に気をとられすぎて、ろくに観察することもなかった病院の風景が、にわかに親しみを伴って立ち上がってくる気がした。

「マナミさん、前に教えてくれたんですよ。中学三年の時の入院のこと。『トリアージ』っていうテレビドラマにハマり始めたきっかけだって。実を言うと、私たち、その話題を通じてネットで知り合ったけど、これまでちゃんと顔を合わせたことはないんですよね」

これでさらに話がはずむと思ったのに、横山さんはふいに身体をすっと後ろに引いた。

「ああ、そうなの。炎天下だから、妊婦さんが立ちっぱなしなのはよくないんじゃない？　ほら、そろそろ中に入ったほうが……」

やんわり会話は打ち切られた。ネット上の付き合い、と聞いて、にわかにうさんくさく感じたのだろうか。升麻梨子は憂えたが、坂を上る途中、横山さんはこっちを振り向いて手を振ってくれたので、本当に体調を気遣ってくれたのだ、と自分に言い聞かせることができた。マスクとサングラスのせいで、彼女の表情がなかなか読み取れず、我ながら神経質になりすぎているのかもしれない。

今日の差し入れの内容は『すし酢の瓶、レンジでチンする黒米ブレンドの発芽玄米レトルト五食分、きゅうり、紫蘇《しそ》、しらす、ごま』だった。メモには『玄米をチンしたら熱いうちに、すし酢、刻んだきゅうりと紫蘇、しらす、ごまをざっくりと混ぜてください。このレトルトはかなり固めのご飯です。冷めたら夏のさっぱり寿司になります』とあった。久しぶりに包丁とまな板を出した。鮨は大好物だが、妊娠してから生物《なまもの》を避けるためにずっと我慢している。でも、米粒がキリッと立ち上がった酢飯にみずみずしくて香りの良い薬味が混ざっているだけで、こんなにも欲求が満たされるのか、と感動した。

それからすぐの三度目の差し入れは『寒天ゼリーの素《もと》クリアータイプ、カットすいか、ブルーベリー、シャインマスカット、ライム』。もはや待ちきれず、升麻梨子は生垣越しで受け取ると、横山さんの前で保冷バッグを覗き込んだ。メモには『寒天ゼリーの素は分量のお湯でといて、果物、わぎりしたライム、ライム果汁をひとしぼり入れて、冷蔵庫で冷やしてください。固くて食べごたえのあるごはん代わりのゼリーになりますよ』とある。

「おいしそう。こんな便利なものが出ているんですね」

「ええ。寒天ゼリーの素はたくさん出ているけど、完全に透明タイプのこれが一番おすすめ。甘さ控えめで、プリンプリンなのに口溶けもよくて、食欲がない時にぴったり。これで固めるだけで、びっくりするくらいたくさん果物が食べられるの」

こんな風に尋ねたらなんでも教えてくれる横山さんだけど、娘の話だけまったくせず、聞きたがりもしないことがやはり気になる。Twitter アカウントも知っているのか知らないのか、よくわからない。よこちゃんもよこちんで、DMで『体調どうなった?』『なんか食べれてる?』と相変わらずしきりに心配してくれるけど、話が母親のことに及ぶとやりとりが途絶えてしまう。

「あの、マナミさんから、私の話、何か聞いてたりします?」

細心の注意を払い質問してみたが、横山さんは視線を逸らした。

「ごめんなさい。娘には……。自粛要請が出るその前から、ずっと会っていないの。今回は久しぶりに、お友達が悪阻だから様子を見に行ってくれないか、って急に連絡がきただけ。でも、またそれっきりだし……。ごめんなさいね」

言いにくそうに、そう答えるばかりだ。これをきっかけに升麻梨子は、自分からよこちんの話をするのはきっぱりやめることにした。

四回目の差し入れ『生タイプの冷やし中華麺・ゴマだれ付を三食分、きゅうり、トマト、パック入りのカットチャーシュー、乾燥錦糸卵、紅生姜』の時、升麻梨子は勇気を出してみた。

「あの、お散歩でこの坂を通るっておっしゃってましたよね」

彼女が来てくれるようになってから、升麻梨子の生活は変わった。横山さんがさりげなく見本を示し、手を添えてくれたおかげで、今の自分に適した食事や暮らし方がいつの間にか選べるようになった。横山さんが教えてくれた、人通りがない緑道を歩いたり、ガラガラの時間を見計らってドラッグストアやスーパーに出かけるようにもなった。

「もう、食材を届けていただかなくても大丈夫です。横山さんのおかげで、私、悪阻の乗り越え方がわかったような気がするんです。それより、坂を通る時、ここから私の名前を呼んでもらえませんか？　私、横山さんとちょっとでも言葉を交わせたら、それで十分なんです」

するると、横山さんは初めてサングラスを外して、フェイラーのハンカチを目に押し当てたのだ。怜悧《れいり》な印象の顔立ちだが、目尻に人の良さがにじんでいる。きっと怖い時もあるけれど、生徒には人気の先生だったのだろう。彼女はマスクの中で鼻をすすりながら、こうつぶやいた。

「ごめんなさい。なんだか嬉しくて……。そんな風に言われたの、初めてで……。むかしから、おせっかいだって言われることも多くてね。迷惑かなってずっと思ってた。それに、娘とも……、もう、しばらくしゃべっていないし……」

その夜、升麻梨子は、この間の差し入れの時に大量に作り置いておいた、四隅がキリッと立ち上がった夏の果物ぎっしりの透明な寒天ゼリーを食べながら、流しっぱなしの「トリアージ」を眺めていた。喪服姿の宝生雅子が、幼い女の子の目線の高さに屈み込んでいる。

『真央《まお》ちゃん、私たち、今日から一緒に暮らしましょうか。おばちゃんはお家に帰れないことも多いけど、代わりに正臣《まさおみ》おじちゃんが、いてくれるよ』

二〇〇三年中国スペシャル版で、宝生雅子はついに長年の相棒だった同僚、荒熊方丈《あらくまほうじょう》と気持ちを確かめ合い、結婚を約束する。しかし、翌年に放送されたシーズン12の初回では、荒熊はその後、ベトナムへ派遣されたのち、ＳＡＲＳに感染して死亡したことが明かされる。荒熊が男手一つで育てていた四歳の娘・真央は雅子がひきとることになる。普通なら、義理の母と娘が心を通わせていくまでをドラマティックに描きそうなものだが、本格医療ドラマに舵を切っていたトリアージは、真央との関係をごく良好なものとしてコンパクトにまとめ、雅子が母として苦悩したり成長したりする姿を一切見せなかった。二人は年の離れた友人同士のようにいつも親しげで、シリアスな場面が続くと良いアクセントになった。家事や育児の大部分を担ったのは荒熊の弟・正臣である。正臣は優秀な兄に対してコンプレックスを抱き、長年ひきこもり同然の暮らしをしていたが、雅子との信頼関係や、真央の教育を通して、成長していく。

この描写は新しい家族のあり方、と絶賛された。実際、一人で出産する決意をした時、升麻梨子の頭を真っ先によぎったのは、雅子と真央が楽しそうに夕食をとるあのシーンだった。生まれてくる子どもとはできるだけ、あんな風に仲良くやりたいと思っている。升麻梨子が何故一人で産むに至ったのか、そんなことも気軽に話せるような関係を保ちたい。

でも――。そういうのってやっぱりドラマだからじゃない？　と頭の中で誰かがささやく。たとえサポートがあったとしても、母一人子一人、そんなにうまくいくわけはないじゃない？　そういえば、あまりにも楽しそうな宝生家に「リアルじゃない」「母親としての大変さを先生はわかっていない」という批判もどこかで目にした気がする。升麻梨子はいつになくトリアージを冷めた目で見ていることに気付き、テレビを消し、仕事用のメールをまとめて返し、横になることにした。

Twitterで知る限り、よこちんは平和主義者で、誰も傷つけまいと言葉を選ぶ人だ。横山さんは他者に対する想像力が豊かで、いい意味で世話好きだ。でも、これまでの二人の言動から考えるに、両者の間には明らかに溝がある。自分とて実家の母をもちろん大切に思っているし不仲でもないが、何が起きてもまず父の顔色をうかがってからものを言う母に、複雑な感情がないとは言えない。少なくとも、こんな時、声が聞きたいからという理由だけで気軽に電話をかけられる関係を築けてはいない。妊娠を報告してからはより一層、母が自分に向ける視線に戸惑いの色が濃くなっているように感じられた。

過去シーズンのトリアージも今見るとダメな部分があるように、升麻梨子自身の決断や生き様も確実にさびついていく。子どもは近い将来、なんて古臭い人間なんだろう、と自分をあきれた目で見ることとだろう。

蟬は昼間とほとんど変わらないうるささで、我が子は升麻梨子を力一杯蹴り続けている。

横山さんは一日一回、必ず声をかけてくれるようになった。時間はまちまちで、午前中の時もあれば、日が暮れてからの時もあった。天気や人の流れを見て、外出の時間を決めているのだという。通りから「麻梨子さーん！」と呼ばれたら庭に出て行き、生垣を挟んで言葉をかわす。それだけで升麻梨子の一日はうるおった。それまではリモートワーク開始時刻ギリギリまで横になっていることも多かったのに、横山さんがいつ現れてもいいように早起きして、簡単にだが身なりを整えるようになった。彼女が坂を上っていくのを見送ると、そのまま庭をぐるぐる歩きまわったり、軽いストレッチをするようにもなった。

「簡単よ。その辺に植えれば、勝手に育つから」

横山さんからプレゼントされた紫蘇の苗を升麻梨子は言われた通りに庭の片隅に植えた。ビニールプールの水を捨てる時にコップ二杯分ほど振り掛けると、あっという間に爽やかな茂みが広がっていき、そうめんやパスタにたっぷり添えるだけで、なんだか外食しているような気分になれた。

これまで誰にも打ち明けられなかったことまで、横山さんには言えた。約束したノンカフェインのダルゴナコーヒーとやらを買ってきてくれた日、升麻梨子は初めて弱音を吐いた。

「自分で決めたこととはいえ、こうもずっと一人でいると、なんだか揺らいじゃうんですよね。産む時も、産んでからもずっと一人って……。なんだか、最近、自分ってそんなに強くないかもって、思っちゃったり……。一番不安なのは、将来、自分の子とうまく向き合えるのかな、とか」

「そうよねえ。臨月が近づくといろいろ周りと比べて落ち込んだり、先のことまで考えちゃったりするのよね。私もそうだったから、気持ちはわかる」

日差しが落ち着いてきたせいか、横山さんは最近、サングラスをしない。目と目を合わせて会話できるだけで、升麻梨子の心はどんどん柔らかくなるようだ。

「でも、今の時期ってたとえ両親がそろっていても、立会い出産は難しいじゃない？　産んでから里帰りできないのも当たり前でしょ。日本中の妊婦が全員なにかしらシングルマザーみたいなものじゃない？　むしろ、周りと比べて寂しがる必要がないから、一人親がフラットな気持ちで出産に臨める、稀有な時期とも言えるんじゃないかな？」

そんな考え方もあるのか、と升麻梨子はほおっと声をあげてしまう。

「うちの夫はね、よりによって妊娠中に亡くなったの。肺がんで脳に転移してからあっという間でね。新聞記者をしていて、今の常識じゃ考えられないくらいヘビースモーカーだったのも原因だったみたい。心ない人たちからは、なんでもっと早く気付いてやれなかったんだ、タバコをやめさせればよかったのに、って責められもした。なによりも、妊婦健診で顔をあわせる幸せそうな夫婦が羨ましくて。私も毎日、不安だったなあ」

その病名はトリアージでは最頻出キーワードである。よこちんが肺を患った時、横山さんは真っ先に亡き夫を思い出したはずだ。昏睡状態の娘を見つめながら何を考えていたのだろう。以前、不用意に入院の話題を持ち出したことを、升麻梨子は反省した。

「あの子が生まれてからは、両親に預けながら、とにかく職場に行って帰るだけで、精一杯だった」

「そうか……。八〇年かあ。産休をとる人はまれだったでしょうし、育休制度も整っていなかったですよね」

「そうねえ、そもそも保育園に子どもを預けて仕事する人もまだ少なかったしね。あ、そうそう、この辺りの保育園は一人親は優先的に入れるらしいから、安心していいはず」

冷たいダルゴナコーヒーはふんわりと泡立てられ、濃密なスフレのようだった。横山さんはよこちんが赤ちゃんの頃、この街がどうだったか、自分はどんなことで苦労したかを、たくさん話して、いつものように坂を上っていった。

その夜、升麻梨子は、冬季限定商品サンプルのチェックを済ませ、梱包作業を終えたあと、よこちんに何度かDMを打とうとしてやめた。人の家庭に口出しすべきではない。でも、横山さんは今日みたいな話を、娘にしたことがあるのだろうか。

『雅子おばちゃん、私ね、医者になろうと思うの。お父さんとか雅子おばちゃんみたいな医者になりたいんだ』

ずっと見続けていたトリアージが、ついに昨年放送されたシーズン19までたどり着いた。亡き荒熊の娘、真央は十八歳になった。

雅子の影響を受け、真央は猛勉強して医大を受験するが、不合格となる。しかし、のちにニュースで、その大学で女子は一律減点されていたと知る。雅子は真央とともに抗議運動に乗り出し、メディアも巻き込んで、権力と戦うことになる。

坂を上っていく横山さんの背中を思い浮かべながら、升麻梨子は明かりを消して、ベッドに入った。久しぶりに除湿なしで眠れそうだ。トラックと思しき大型車がマンションの前を通りすぎたらしい。轟音は一瞬で消える。この住まいが急な傾斜の上に立っていることを、実感する瞬間だ。「建物の正面に向かって右側が高くなっている土地は子どもが家を出るのが早い」という同僚の言葉をふいに思い出した。お腹の子がいつか自分と距離を置くようになる。疎遠になる。そんな可能性はゼロどころか割と高い。子どもとはいえ別の人生、とその背中をきっぱり送り出せるほど、自分は強いのだろうか。

「へえ、今はこんなものまでネットで買えるんだ。素敵ねえ」

組み立て終わったばかりのお城の形をした滑り台に、横山さんは目を輝かせている。あまりにも可愛くてまたもや購入ボタンを押してしまった。ビニールプールに引き寄せればウォータースライダーになるんです、と自分に言い聞かせるように説明した。

「もう、どうしましょう、私、病気かもしれません。こんなの当分必要ないのに……。お金、本当にないのに……」

升麻梨子はトホホと笑ってみせた。

「子どものおもちゃってついつい買いすぎちゃうし、なかなか捨てられないもんね。うちにも実は、絵本だの木のおままごとセットだの、まだたくさんあるの。よければ今度、写真を見せる。欲しいものはあげるから。あ。そうだ、ご実家のお母様に連絡して、何かとっておいてないか、聞いてみたら？　無駄な買い物が避けられるかもしれない」

「うーん、電話するのが、おっくうなんですよね。うちの母親、高齢で……。なんか、気を遣っちゃって……。上手く甘えられないというか」

少なくともネットで買い物をしまくっていることを、打ち明けられる仲ではない。

「あ、意外。麻梨子さん、私にはなんでも話してくれるから、てっきり、お母様とも……」

お互いの目を見れば、同じことを考えているのは明白だった。横山さんは慌てたように話を変えた。

「いつか使うから、滑り台もプールも無駄遣いじゃないでしょ。それにしても、ネットがあるっていい時代ねえ」

「ですよね。ネットがなかったら、私、そうそうに発狂していたかもしれない……」

するると、横山さんは思いがけないことを言った。

「私の時なんて、一人で子どもを育てる母親が夜、世界とつながろうとしたらテレビだけよ。それが『トリアージ』だったの」

「あ、そうか。私が生まれた年に始まったってことは、そうですよね」

よこちんと横山さんが同じドラマを好きというのは意外だったし、最初にこの名を出した時は無反応だった気もしたが、話題がまた一つ増えたことで、胸が弾んだ。

「子どもを寝かせてから見るのが週に一度の楽しみだった。あ、あのころは『呼吸器内科医・宝生雅子』っていうタイトルだったっけ。夫を亡くしたばかりで自分を責めたりもしていたから、患者やその家族の不注意による病なんてものはない、っていう宝生先生のセリフに、ほっとしたの」

「マナミさんがあのドラマを好きなのは、お母さんの影響もあるんですかね？」

うっかりよこちんの名を出してしまい、升麻梨子は一瞬焦ったが、今日の横山さんにそれを気にする様子はなかった。そういえば最近、よこちんからのＤＭがぱったり途絶えている。Twitter でつぶやく数も激減していた。

「いいえ、ぜんぜん。あの子が宝生先生に夢中になったのは入院中の中学三年生からね。あ、あの子、私が勤めていた中学に通ってたの」

へえ、と目を丸くしつつ、思春期に母親が教師として同じ学校にいたら、けっこうキツくはないかな、と密かに思った。升麻梨子には好もしく思える横山さんの行き届いた心配りやテキパキした言動も、生徒から見たら威圧的に感じることもあるかもしれない。同級生の辛辣な意見が耳に入ることもあったのではないか。升麻梨子は丘の下の方に見える中学校を見つめた。

「あの子はうちにいるより、外にいるのが好きなタイプで、テレビだの漫画だの本だのには、あんまり興味なくてね。小さい頃からスポーツが大好きだったな」

「え、意外!!」

あのつぶやきのセンスからして、絶対にインドア派だと思っていたのだ。

「私が面白いから一緒に見ようよって言っても見向きもしなかった。あの夏も毎日、学校のプールで泳いでいて、真っ黒に日に焼けてた。引退試合を控えていて張り切ってて、そうそう、スポーツ推薦のスカウトもきていたっけ」

横山さんは懐かしむように言った。水泳部――。そういえば、レジオネラ肺炎は循環式浴槽水やプールから感染することが多い、とトリアージのシーズン9でやっていた。例の中学に目を凝らすと、この場所からでも校舎の陰に長方形のプールがちらちらと見える。感染対策からか、この夏一度もそこに青い水が揺れていたことはないはずだ。大好きだったであろう、あの場所で感染するなんて、よこちんは辛かったろう。肺は完治したと言っていたはずだけど、おそらく水泳はあきらめざるをえなかったはずだ。横山さんがそれを思い出してか、ふっと切なそうな表情を浮かべたので、升麻梨子は話題を元に戻すことにした。

「横山さんがトリアージにハマったきっかけってなんですか」

開始時のトリアージはたいして面白くないので、相当忙しかったであろう横山さんがどこを気に入ったのか知りたかった。

「そりゃ、四十年前は独身女性が主人公のお仕事メインのドラマなんて今ほどはなかったし、私だけじゃなく、同僚の教師もみんな楽しみに見ていたわよ。あの時は、なんて新しいドラマだろうって思ってた」

そんな見方があるのか、と升麻梨子は驚いた。だけど、よくよく考えたら、二〇〇〇年放送分でさえ、今のトリアージと比べると、セクハラやパワハラに対して甘いし、宝生雅子の言動さえけっこうマッチョだ。

でも、どんなシーズンもその時代の中では一番新しくて、画期的で、大学生の升麻梨子がそうであったように元気付けられた人が大勢いたのは事実だ。だからこそ、視聴者の目もどんどん肥え、ドラマ自体も進化を重ねることができた。そう思うと、どのシーズンが下でどのシーズンが上でもないのかもしれない。そういえば、最悪の評判だったシーズン10だって、医療用語のテロップや3Dアニメによる呼吸器の構造解説は当時としては革新的だった、とよこちんがつぶやいていたっけ。

横山さんと話すといつも視野が広がる。それはよこちんとリプを交わす時にそっくりだ。

「八月に入ってすぐだったかしら。あの子、熱と寒気と咳がとまらなくなってね。急に入院することになって、かわいそうだった。あの子がＩＣＵから個室病棟に移ってから、特別に簡易ベッドを持ち込んで、私も病院に泊まっていたの。漫画なんて両手で持ち上げられないくらい腕も弱ってて、テレビだけが娯楽で、二人して宝生雅子先生にのめり込んだ。あとにも先にも、あの子とあんなにもずっと一緒にくっついていたことなんて、なかった気がするなあ。あんなに仲良くしていられたこともね」

　言葉を切って、横山さんは丘の景色に目をやった。思いがけないほど涼しい風がアラカシの生垣を揺らした。

　母娘がずっと仲良くできなくたっていいんじゃないんですかね――。

　いつかこのお腹の子に冷ややかな目を向けられたとしても。升麻梨子がその先一生、誰とも交流を結べないわけではない。我が子だってそうだ。こんな風に通りすがりの相手だからこそ素直に話せることもあるだろう。別々の場所でだって、お互い、心を満たせるならそれでいい。お腹をそっと撫でてみる。成長したこの子がこの坂を一度も振り返らずに上っていく姿を想像して、勝手に虚しくなるよりも――。その先で、自分以外の人間と、いっときであれ、優しい関係を結べるような、そんなエネルギーを育《はぐく》んであげられますように。

「今から見たら古い部分もあったんでしょうけどね。それだけトリアージが時代とともにアップデートを繰り返し、練られてきた上質なコンテンツであるという証よね」

　そう言って、横山さんはにっこりしたが、すぐにしまった、という顔をした。升麻梨子も言葉を失った。二人はしばらくの間、見つめあった。いつの間にか蟬の声がしなくなっている。

「あの、もしかして」

升麻梨子が尋ねようとするなり、横山さんは生垣の向こうに消え、ほとんど走るようにして、坂を下っていった。

よこちんがどこに住んでいるかわからないこと。自分が生まれて間もない頃のトリアージの内容を詳しく知っていること。母親の話を絶対にしないこと。彼女に関する数々の疑問。これですべて説明がつく。

さっきよりずっとひんやりした風が、坂の上の方から吹きつけてきた。紫蘇の茂みがさわさわと揺れ、冷えた香りをここまで運んできた。


妊婦のPCR検査費用の一部を行政が負担するというニュースが流れた。おそいよ、と升麻梨子は泣きたい気持ちになった。日が落ちるのが急に早くなって、再び精神状態が揺らいでいる。

よこちんはとうとう、つぶやかなくなった。ネット上では様々な憶測が飛び交っている。「シーズン20の放送が絶望的だから、もうファンを卒業したんじゃないか」という見方が大勢《たいせい》だった。

横山さんがいきなり逃げてから、また誰ともしゃべらない日々が始まった。庭の草はかすかに色あせ、香ばしい匂いを放ち始めている。

どうしてあの時、もっと上手く振るまえなかったんだろうか。生垣越しに言葉をかけてもらうだけで、十分満足すべきだったのに。よこちんの正体は誰でもよかったのに。

横山さんがTwitterを始めた理由とはなんだったんだろう。きっと、疎遠になっている娘のことを想うちに、唯一会話が弾んだ入院中のドラマ鑑賞を思い出したのではないか。娘になりきってつぶやいたら、思いがけず反響があった。どこかで娘が目にして反応を返してくれるのではないかという期待が芽生えた。あれだけの注目が集まれば、接触しようとする人間も当然いたはずだ。絶対に身バレしないように、家から離れた場所に娘の名前で私書箱まで作った。

でも、そのうちに、升麻梨子の状況があまりにも自分の過去と重なっていて、どうしても様子が気になり、リスクを冒してでも、会いに行くことを思いついたのではないか。だとしたら、あの人の嘘を責める気になれるはずはない。

そして――。これはあまり考えたくない可能性で、できるだけ頭から追いやっているのだが「よこちん」は最初からいないのではないか。

そもそも横山マナミさんは中学三年生の時点で、亡くなっている可能性がある。レジオネラ肺炎は急激に重症化しやすく死に至る場合もある、と宝生雅子先生も言っていた。娘がもし今、生きていたらこんな風かなあ、と想像しながら、横山さんは毎日つぶやいていたのではないか。

そこまで想像したら、こめかみがじんとした。

蟬の声は気づけば、鈴虫に変わっている。升麻梨子はティッシュケースを引き寄せると鼻をかみ、すぐによこちんにDMを打った。

『あなたは、横山典子さんですよね？　あなたがマナミさんでなくてもいいんです。あなたは大切な友達です。また、会えませんか』

その後、湯船に浸かっているうちに、あんなこと送るんじゃなかった、重すぎるかもしれない、と升麻梨子は後悔した。風呂を出るなり、送信を取り消そうとしたが、すでに既読がついていた。もうだめだ。お腹を守るように抱えて、濡れた髪のままベッドに横向きで倒れ込んだ。

その夜は急に気温が下がったせいもあって、お腹の子は珍しく静かに縮こまっていたが、升麻梨子はいつにも増して寝付けず、何度も寝る体勢を変えた。カーテンから差し込む闇が青過ぎるような気がするのは、月の光が強いせいだろうか。眠りについたのは、明け方近かった。

聞き覚えのある声に起こされたのは昼過ぎだった。

「升麻梨子さーん」

すぐに跳ね起きて、升麻梨子は寝巻きのまま、庭に素足で飛び出した。芝生から瑞々しさが消えているのが、足の裏からもわかった。空は真っ白で、鼻の奥にひゅっと冷気が入り込んだ。何か羽織ってくればよかったと思った。

生垣を見ると、約二メートルの距離を保って、マスクで下半分が隠れた、どことなく似た雰囲気の顔が二つ、並んでいた。坂の上の方にいるのが横山さん。かなり下の方にもう一人。その位置から顔を出せるということは、相当背が高い女性ということになる。

「はじめまして。私、横山愛美《まなみ》です。よこちんです。あなた、ポッカレモンさん?」

その人は目だけにっと細くした。そうすると、たくさん笑いジワが集まった。ああ、彼女はよこちんだ。雑踏で出会っても、この声と風貌だけですぐにピンとくるだろう。くせのあるショートボブで眉毛が濃い。日焼けしていて、化粧気がなくて、目の奥が面白いことばかりを考えているようにくるくる動いている。この人は絶対によこちんだ。升麻梨子はわけがわからず、よこちんと横山さんを交互に見つめた。よこちんは頭を小さく下げ、早口で言った。

「なんだか、母と私のせいで、怖がらせちゃったみたいだったから……。謝りたくて来ました」

升麻梨子が思わずふらふらと歩を進めると、

「あ、それ以上、近づかないで」

よこちんは別人のような厳しい口調で制し、母親とそっくりな素早さで生垣から退いた。その時、襟ぐりの広いカットソーからのぞく鎖骨の間に、うっすらと縫い目があることに気づいた。あれは気管切開を塞いだ跡に違いない。シーズン15、形成外科での抜糸シーンを思い出した。

「妊娠中でデリケートな時期なのに気持ちをわずらわせて、本当に、ごめんなさい。Twitterで見てポッカレモンさんの様子が気になったのは本当。イラストのお礼もちゃんと言いたかったし。私が直《じか》にここに来るべきだったんですけど、でも、どうしても来れなくて、今年の初めからぜんぜん休んでなくて……」

口調は元気なものの、言われてみれば、彼女の目は黒っぽい隈で囲まれ、やつれた色も浮かんでいる。

「実際、今日もこのあと、すぐ職場に戻らないといけないんです。私、この七ヶ月、プライベートではできるだけ他人と接触しないようにしてるんです」

横山さんがようやく申し訳なさそうな様子で割って入ってきた。

「それで、娘とはもうずっと会っていなかったの。なにしろ、コロナの最前線でしょ？　連絡もろくにとってなくて……。先週、私、慌てて逃げちゃったでしょ。やましいことがあるわけじゃないんだけど、なんて説明していいかわからなくて。本当にごめんなさい。私たちが全部悪い……」

「え、待ってください」

升麻梨子はどきどきしながら、横山さんの言葉を遮り、母娘を見比べる。

「まさか、よこちんの仕事って……」

「そのまさか。私は、呼吸器内科医をやってるの」

恥ずかしそうによこちんは言った。どくんと子どもが一回転したのがわかった。

「単純でしょ。中三の時に、呼吸器内科で命を救われて、入院中にドラマにハマって、将来を決めちゃったの。おかげで水泳選手になる夢、どっかいっちゃった」

しばらく、ぽかんとした。そして、声を出して笑ってしまった。お腹に響いたせいか、子どもはぐるぐると移動を始めた。よこちんと横山さんはそんな升麻梨子の様子を見てほっとしたのか、競うようにして、経緯を説明し始めた。

あのアカウントは、母娘二人で回していたのだそうだ。日によってテンションがまるっきり違うのは、テーマで文体を使い分けていたのではなく、そもそもつぶやいているのが一人ではなかったためだったのだ。

十年前、すでによこちんは激務だった。勤め先の大学病院の近くに借りたマンションに帰れないことも多く、母親とは会えないどころか、震災時にさえ連絡をとることがままならず、互いに安否がわからず不安な思いをした。『どうせたまに会ってもトリアージの話ばかりしているから、いっそのこと二人で同一の趣味アカウントを持たないか』と提案したのは、一足先にTwitterを使いこなしていた横山さんの方だったそうだ。よこちんは日に三、四回つぶやければいい方だし、リアルタイムの視聴は難しいので、実況は横山さんが担当し、せっかくなので知っている人があまりいなそうな初期シーズンの知識を披露したら、ぐんぐんフォロワーが増えていった。

今年に入ってからは、ほとんど横山さん一人が回していて、よこちんはごくたまにタイムラインを覗いては、母親が元気なのを確認し、ＤＭで升麻梨子とやりとりしては、アカウントに出入りした痕跡を残して立ち去る程度だったという。自分とのやりとりだけは、最初からすべてよこちん本人がやっていたと知り、升麻梨子はほっとした。ちなみに、よこちんが私書箱を開設したのは身バレ対策ではなく、自宅に帰らずとも、勤め先の目の前にある郵便局で、郵便物をすべて受け取れるようにするためだった。

横山さんは横山さんで、娘のふりをしてつぶやいているのがバレたら不気味に思われるんじゃないかと懸念し、できるだけよこちんやTwitterの話題を避けてきたのだそうだ。初めは升麻梨子の顔を見て食べ物をさっと届けるだけのつもりだったのだが、一緒にいると楽しくて、ボロが出るのを承知で喋り続けてしまった、と恥ずかしそうに打ち明けた。

升麻梨子が納得して頷くのを見届けるなり、よこちんは目をぱっと見開き、生垣越しにスマホを掲げた。

「ねえ、ねえ、ついにやるみたい！　『トリアージ２０２０』の緊急スペシャル版。来週の今日！　さっき公式から発表あったよ」

升麻梨子はえーっと叫び、通行人がちらっとこっちを見た気がしたので、両手で口を塞いだ。

「今まで寝てたから……。え、撮影再開っていうこと？　この状況で？　宮代かをる、大丈夫なの？」

いつの間にか、ネットでやりとりする時のままの口調になっていた。横山さんは二人の会話を面白そうに眺めている。

「うん、『宝生雅子のオンライン診療』ってあるから、おそらくはリモートドラマだと思う。制作陣、考えたよね」

「えー、どうしよう。楽しみすぎる。古巣の大学病院のレギュラーたちも、これなら全員出演できるね」

「真央ちゃんも正臣さんも、出られるのね！　よかった。真央ちゃんが医大で頑張ってる姿が早く見たかったの！」

横山さんも加わって、ひとしきり騒いだあとで、升麻梨子は遠慮しいしい、母娘に向かってこんな提案をしてみた。

「あのう、よければ、そのスペシャル番組、三人でＺｏｏｍ鑑賞会しませんか。よこちんはリアルタイム視聴は無理かもしれないけど……。時間が出来た時にでも、録画を同時にみんなで見れたらどうかなって。そのう……、よかったら？」

横山さんは、わあ、と嬉しそうに、離れた場所にいる娘に横顔を向けた。それ、最高、とよこちんはビニール手袋をした手を叩いている。

もっと話していたかったが、よこちんがすぐに行かなくてはいけないので、三人はそれぞれの顔を見て、手を振り合いながら、別れた。

我が子がさっきからお腹を小刻みに蹴り続けている。母娘というものは複雑で難しい、そんな風に決めつけるのが、すでに古いんだよ、ママ、と笑われている気がした。升麻梨子は久しぶりに実家の母に電話してみようと思った。

よこちんはこのまま駅前の駐車場に停めてある車をとりに、横山さんは買い物をしてから家に戻るのだという。

母娘は坂の上と下に別れ、その距離はどんどん大きくなっていった。二人は庭に立つ升麻梨子を真ん中にはさんで、何度も振り返っては、お互いの無事を確認しあって、やがて完全に見えなくなった。

パティオ8

よくよく冷静に考えてみれば、最初から１０１号室の言い分はめちゃくちゃだったのである。

なぜなら、『パティオ６』の入居第一条件は「中庭で子どもが騒いでいても気にしないこと」だったのだ。でも、いきなり目の前のサッシ窓がガラガラ開いて、無精ヒゲの中年男がヌッと出てきて怒鳴られたせいで、母親たちは頭が真っ白になってしまったのかもしれない。

「メルボルンのCEOとZoomで重要な取り引き中なんです」

どういうわけか黒光りする極太のワイヤレスマイクを握り締め、１０１号室の男は窓から中庭全体に響き渡るように、そう言い放った。きーんと、ハウリング音が初夏の空にこだまし、子どもたちが悲鳴をあげていっせいに耳を押さえた。

「向こうとの時差は一時間だから、今がまさにビジネスのコアタイムなんです。ずっと我慢していたけど、もう限界です。商談に支障がでているんです。申し訳ないですが、お子さんに中庭を使わせないでもらえるとありがたいのですが」

母親たちに朝から晩まで口を酸《す》っぱくして言われているせいで、それなりの距離を保って遊んでいた二歳から十一歳までの五人は、それぞれの場所で動きを止め、１０１号室を不安そうに見つめていた。

パティオ6は大家の佐々木雅子《ささきまさこ》さんの住まいを含めると七世帯の住居が、十数メートル四方の中庭をロの字の形で取り巻いている、珍しい平家型マンションだ。引っ越してきて半年の101号室はどうだかわからないが、みんな、この庭の存在が入居の決め手だった。各家庭の玄関ドアと、ダイニングキッチンと一続きのリビングの窓がすべて庭に面しているため、室内にいながらにして子どもたちが遊んでいる様子を、常に確認することができるのだ。

新型コロナウイルス対策で先月、緊急事態宣言が出されてからというもの、この中庭と住人同士の協力態勢がパティオ6の女たちにとっては生命線となっていた。うち一人の夫をふくむ七人で当番を決めて一人が中庭で毎日三時間、子どもたちを遊ばせている間、他のみんなは窓から様子を見張りながら、仕事や家事を片付けている。そんな暮らしがかれこれ一ヶ月以上も続いていて、気付けば、コンクリート壁を覆う佐々木さん自慢のクリーム色のモッコウバラはそろそろ最盛期を終えようとしていた。

「この庭を使っちゃいけないことになったら、私たち、一体どこで子どもを遊ばせればいいんですか？」

真っ先にそう反論したのは、105号室から顔を出した篠原《しのはら》かえでさんだ。四十二歳の篠原さんは、ここではリモートワークの大先輩といえるロマンス小説専門の翻訳家だが、現在、住人の中でももっとも仕事が滞っている。保育園が先月半ばに休園、週刊誌編集部勤務の年下の夫・昇《のぼる》さんは表向きは在宅ワーク推奨ということになっているものの張り込み取材に行かざるを得ないので、二歳の奏《かなで》くんをワンオペで育てている篠原さんが仕事に没頭できるのは、寝かしつけた後、もしくは他の誰かが中庭で奏くんをこうして見てくれている午後だけなのだ。

「申し訳ないです。こっちは自宅でのんびりできる身分じゃないんで、協力してくださいい、としか……」

101号室が何故か苦笑いを浮かべると、篠原さんの指紋だらけの眼鏡の奥がにわかにギラギラしてきているのが傍目にも見て取れた。

「お言葉を返すようですけど、ここにいる全員、働いてますけどね？」

割り込んできたのは、101号室のお隣の102号室の窓から首を突き出したシステムエンジニアの上島瑠里子《うえしまるりこ》さんだ。同業者で同い年の夫・学《まなぶ》さんが後ろからこわごわと覗き込んでいる。このマンションでは唯一夫婦揃っての在宅勤務で三十代前半。一番余裕がありそうに見えるが、中学受験を控えたちょっと心配性の翠《みどり》ちゃん、そんなことは知ったこっちゃない四歳の涼《りょう》くんも始終一緒となると、毎晩のように部屋からは金切り声が聞こえてくる。

「全員ってことはないですよね。そこの人、休職中じゃなかったでしたっけ？」

101号室が、本日の中庭当番、子どもたちの中心に立っている104号室の加藤百合《かとうゆり》さんを、やおら指差した。加藤さんは、美容院に行けないため伸びっぱなしの髪をカラフルなターバンでまとめていて、この段階ですでに目尻がキュッと釣り上がっていた。小顔なのでマスクをするとほとんど顔が隠れてしまうが、くっきりした眉と切れ長の目をああ？　という風にいらだたしげに歪めれば、101号室をたじろがせるには十分だった。このマンションで一番詰んでいるのは疑いようもなく、三十代前半のシングルマザーの彼女だ。勤め先の新宿のナイトクラブが休業となった上、家賃をタダにする代わりに育児をサポートしてくれていたネイリストのルームメイト・恵子《けいこ》さんが三月終わりに故郷に帰ってしまってからは、貯金を切り崩して暮らしている。娘の麻里《まり》ちゃんは母親の激昂の兆候を察知したのか、可愛がってくれる佐々木さん宅に向かって自転車を漕いでいって、奏くんがその後ろをヨタヨタとついて行った。麻里ちゃんは本来なら今年から小学校に通い始めているはずだが、学校へは先月、教科書をもらいに行ったきりだ。

顔をあわせてもろくにあいさつもしない１０１号室がそれぞれの事情にやけに通じているので、みんなだんだんうす気味悪くなっていった。彼の妻である物静かな女性にしたって、中庭のバーベキューに誘った時にやんわり断られて以来、全く交流はないのである。

「僕の仕事は育児の片手間にできるようなものとは違うんですよ」

マンション全体がしんと静まり返った。１０１号室もさすがにこれは、まずい、と思ったらしく、すねたように結んだ唇をひん曲げた。

「あー、えー、言葉が過ぎました。気を悪くされたらあやまります。でも、大口の取り引きなんです。今、うちの会社がこの騒動で株価が下落して、せっぱつまっていることをご理解ください」

１０１号室はいかにもナイーブそうなため息をついて、肩をすぼめた。マイクを通じて、生温かい息が漂ってきそうだった。

「動く金額、関係なくないですか？　大変なのは今、どの業界も同じでしょ？」

１０３号室の窓から出てきたのは、大手家電量販店の主任・四十歳の茂木《もぎ》晴海《はるみ》さんだ。診療放射線技師の夫・昌幸《まさゆき》さんは家族への感染をなによりも心配し、勤め先の大学病院に提携を申し出たビジネスホテルに宿泊しているため、もうずっと帰ってきておらず、105号室の篠原さんと同じく家事育児すべて一人でこなしている。留守番させている小学三年生の息子・望《のぞみ》くんの様子が勤務中も気になって仕方がないらしい。

「あなたは、今も通勤されていましたっけ。接客業ですよね。ご主人は医療関係でしたっけ？大変ですね」

101号室が大げさに眉根を寄せ、茂木さんの顔がたちまち強張った。それは彼女が一番気にしていることで、都知事から最初の外出自粛要請が出た時に、ここのみんなと距離を置こうとした原因でもある。望くんがお稽古用のバイオリンと弓を両手にだらりとぶらさげ、母親を覗き込んでいる。101号室とは中庭を挟んでちょうど向かいの106号室の窓辺で、底値で買った大量のにんじんをすりおろしながら、ことのなりゆきを見守っていた三穂《みほ》は、とうとう身を乗り出した。

「今の言い方、職業差別じゃないですか!?」

調理中につきビニール手袋およびマスク着用のため、声がくぐもらないよう精一杯張り上げた。

「さっきから、聞いてりゃ、自分、自分、自分って。私たち今、助け合うべきじゃないんですか!?」

「……あの、失礼ですけど、お宅にお子さんいませんよね？」

101号室が今度は怪訝そうにこちらを見た。子どもを含めたパティオ6全員の目が、一斉に集まり、三穂はたじろいだ。ひょっとしたら部外者がいらんことを言ったんじゃないか、と一瞬不安になった。いや、三穂は中庭当番にも参加している。それに、家賃を払っている以上、発言する権利はある。

「子どもいるいない、関係あります!?」

三穂より先に怒鳴ったのは、ゴムベラと粉ふき芋の入ったボウルを抱えて、ダイニングキッチンからあっという間に隣まで移動してきていた、パートナーのようちゃんだった。ようちゃんがこんな風に人前で感情をあらわにすることはとても珍しい。眼鏡がマスクから漏れる息と芋の湯気でどんどん曇ってきている。

「私たち社会人はみんな、責任があるんじゃないでしょうか？　次世代をとりまく環境に。私だって、あなただって、地域の子どもたちの未来に少なからずコミットしているんですよ？」

ようちゃんは耳を真っ赤にして、ボウルに頭をつっこむようにしてうつむいた。三十代後半の同性カップルでこども食堂なんてやっているとあらぬ誤解を受けて勝手に同情されることがある。自分たちの子どもをもつのがまだ容易な国ではないから、子どもと触れあえる場所にみずから進んで身を置きたかったのではないか、とか。三穂にはそんなつもりはない。単にようちゃんの望む形で一緒に何かやってみたかっただけで、それが意外にも向いていたのか今日まで続いているだけである。

この段階では全員、101号室とは徹底抗戦の構えだったのに、なんと三時間後には、明日から101号室のメルボルンとのやりとりが終わる日まで、中庭は使用不可となってしまったのである。

十七時過ぎ、ようちゃんがいつものようにパティオ6の各部屋に順繰りに、試作品を作りすぎたのでよろしければどうぞ、とカジキの粕漬け焼きとポテトサラダと切り干し大根とおにぎりを配り歩いていたら、佐々木さんがインターホン越しにこう言ったのだ。

「101号室のご夫婦が、さっきうちに見えたのよ。お連れ合いさんまで一緒に謝るの。あの方もすまなそうでね。さっきはついかっとなってしまってごめんなさい。ただ、会社が大変な時で、言うべきかはずっと迷ってたけれど、あんまり庭がうるさくて仕事に支障が出るから、どうしても今だけは協力して欲しいって。言葉が過ぎたことは謝ります。精神的にいっぱいいっぱいなんで、ですって。みなさん、どうする？　私はみんなの気持ちを優先したいな」

それずるくないか、と三穂はこの話をようちゃんから聞くなり、なおのこと腹がたった。

スマホを片時も手放さずに、母親たちとＬＩＮＥで相談した。夕食からお風呂、子どもを寝かせるまでの最中にも、それぞれの意見が時間差で枝葉のように連なっていく。最初は憤っていたけれど、落ち着いてくると、あいつのことはマジでどうでもいいが、佐々木さんと101号室の妻さんを巻き込むのは心苦しいから、ここは引かないか、という結論に収束していった。そもそも101号室の仕事を邪魔したいわけではないし、なにより、これだけ身元が割れているのに恨まれるのは怖い。自分たちの知らないところで子どもたちがあんな風に怒鳴られるのだけは避けたかった。一生中庭が使えないわけではないのだから、とりあえず午後はよそに行くか、部屋で過ごそうということに不本意ながらもまとまった。ようちゃんが代表で佐々木さんに電話で伝えると、やはり向こうもほっとしたようだった。

　とはいえ、メルボルンとの商談が成立しても販促会議などのやりとりは今後も続くのだろうから、いつまで中庭使用不可、という明確な期限は設けられないらしい。近所の公園に行こうにも、一番近くでここから二十分以上かかる上、今は遊具の使用もテープで封じられている。明日からどう過ごすべきか、と母親たちはみんな、途方にくれていた。

　結局のところ、それなりに年齢を重ねた男が謝罪に追い込まれた時の、必要以上に恐縮した姿は、暴力に近いものがある。心より先に身体が拒否反応を起こし、これ以上この惨めな姿を見ているくらいなら、許してしまった方が楽だと条件反射で道を譲ってしまうのだ。それは優しさやいたわりではなく、大人の男がしょげているのは、ものすごく可哀想で見るに堪えないものだと、生まれた時から刷り込まれているだけではないか。

　当然のことながら、その晩のパティオ６リモート飲み会は、１０１号室の悪口に終始した。奏くんが全く寝てくれない篠原さんは毎度のことながら、宴もたけなわになってから、缶チューハイ片手にボサボサ頭で幽霊のようにパソコン画面に現れた。

「あ、またストロング系!!　絶対やめた方がいいっつったじゃん!!　飲みかけの激安でよければワインのボトル、今、部屋の前に置きに行くから待ってなよ」

　上島さんは早口でそう言うと返事を待たずに、分割された画面から姿を消した。しばらくして篠原さんの背後からインターホンの音がした。篠原さんは遠慮する気力もないようで、そのままよろよろ立ち上がり一瞬消えると、少しだけかさが減った赤ワインのボトルを手に戻ってきた。

すぐさまスクリューキャップを外すとぼんやりした顔でラッパ飲みし、ようちゃんが届けた状態のままになっているプラ容器のお弁当をがさごそ広げはじめた。それを見て茂木さんが、あ、忘れてた、私も食べよう、と立ち上がり、背後に見えるごちゃついたキッチンに向かった。そのすきに三穂とようちゃんも、氷とバカルディにサイダー、庭から摘んできた山盛りのミント、クラッカーとフムスをパソコンの前に彩りよく並べた。上島さんが満足げに画面に戻ってきて、ようやく全員が揃った。

「篠原さ〜ん。今訳している王子様は〜？」

麻里ちゃんと一緒に実験気分で作ったアメリカンドッグがハイボールとよく合うらしく、上機嫌の加藤さんがコンビニ景品のグラスをからから鳴らしながら声をかけると、篠原さんに、やっと笑みが浮かんだ。

「史上最年少のＮＹ市長でハンサムな大富豪が、ホテルで清掃係をしている四十一歳シングルマザーのヒロインに恋をするの。ハンプトンの別荘で愛し合った翌朝、ピンと張った冷たいシーツの広々したベッドにね、彼が手作りの、モンテクリストっていう、ハムとチェダーチーズを挟んだフレンチトーストとしぼりたてのオレンジジュースを運んでくれるの」

「え、なに、それ、めっちゃ美味しそう、今度作ったるわ！」

三穂が思わずそう宣言すると、イヤッホーイ、とパソコン画面から一斉に歓声があがった。イケメンＮＹ市長より断然、他人が作ってくれる朝食のほうが魅力的だったのである。

「そこまでとはいわんが、せめてうちの夫も乾麺くらい茹でられるようになって欲しい」

上島さんが死んだ目で言った。上島さん夫婦はこうなる前は家事は完全分業でうまくまわっていた。しかし、どちらも常に在宅となると覇権争いが絶えなくなった。一見マメな学さんは料理となるとからきしだめで、米さえ研げないのだ。

「うちにいてくれるだけいいじゃん。私からみたら理想的だよ」

篠原さんが再びワインを瓶ごとぐびりと飲んだ。夫の昇さんの勤め先は風俗情報と下衆《げす》な芸能記事で有名な週刊誌だ。いよいよ休刊が視野に入ってきたせいで、是が非でもネタをつかまねばならないらしく、飲み歩いているという噂のある有名人や政治家を自粛警察よろしく今夜も見張っているのだ。

「最初は夫が憎かったけど、よくよく考えたら、これ全部、夫が所属している職場が昼夜逆転で育休も取れないせいじゃない？　なんだか私がやっていること全部、あの雑誌の最低最悪な誌面作りに吸収されている気がするんだよね……。その点、茂木さんの夫さんはさ、立派な仕事だよ」

「でも、なんで、うちのマーチャがこんなに危険な目に遭わなきゃいけないのって、もう誰を恨んでいいかわからんよ。偉いとは思うけど、ずっと会ってないし……。このおにぎり、おいしいね！　異国っぽい香りがする。もち米だよね？」

茂木さんが、かじりかけのおにぎりをまじまじと見つめている。職場での淀みのないハイテンションセールストークを維持するためか、帰宅するとあまりしゃべらないこの人が言葉を尽くすのは珍しい。三穂はにんまりした。

「台湾風おこわ。手作りチャーシュー入り。その香りは五香粉《ウーシャンフェン》。こういう状況、ちょっと海外気分で気が紛れない？」

パティオ6にきてから、三穂はすっかり料理名人ということになっているが、別に才能があるわけでも、味にこだわりがあるわけでもない。自営業を営むシングルの父親にほったらかしにされて育ったので、小さな頃から食事は自分で作るしかなかった。島根県の高校を卒業してからありとあらゆる飲食店の厨房を経験し、そのどこでも三穂はあっという間になじんだ。三穂の特技は、常にその場にとって、ちょうどいい味を作り出すことだった。料理は単純に生きていく手段だった。ようちゃんに出会うまでは。

ミントと氷たっぷりのモヒートをステアしてようちゃんに回すと、画面から口々に美味しそうー、いいなー、という心の底から羨ましそうな声が漏れた。窓から入ってくる風に夏の匂いがまじっていいて、随分長く、夜のデートをしていないことに気付かされる。

三穂とようちゃんが出会ったのは、ようちゃんが働いていた子供福祉課のある区役所の社員食堂だ。すさまじい不味さで有名だったが、三穂はなんのプライドもなく、厨房に貼り付けてある黄ばんだレシピそのままに、ベタベタ甘い酢豚や衣がはがれかけたメンチカツを作り続けていた。ようちゃんのことは最初から気になっていた。一番外れがない、わかめラーメンとカツカレーだけを交互に食べ続けているリスクヘッジ能力にぐっときてしまったのだ。四つも年下だと知ってびっくりした。

初めての朝ごはんは、ようちゃんの冷蔵庫にあったありあわせで作った。納豆オムレツ、豆腐の味噌汁、ごはん、賞味期限ギリギリのメンマとチーズとネギを和えたもの、という簡単なものだったが、ようちゃんは美味しそうに食べ、おかわりまでしてくれた。

——三穂ちゃんのごはんってすごく美味しいね。絶対お店やれるよ。

お世辞かと思って箸を伸ばしたら、確かにこれが自分の料理とは思えなかった。そういえば、いつもより十回くらい多く米を研いだし、卵も火加減に注意した気がする。

——こういうごはん、食べさせてあげたい子ども、私、たくさん知ってる。もっと外にでて直《じか》に支援できたらいいなって思う。行政の目が行き届いていない死角はまだまだたくさんあるよ。

ようちゃんがうつむいてオムレツを崩しているのを見て、三穂は一世一代のプロポーズのつもりでこう言った。

——ねえ、私と一緒にこの街でお店をやらない？　イートインスペースのあるお弁当屋さんを始めるの。で、お店を閉めた後、そこでこども食堂をやるのはどうかな。

ようちゃんが退職するのを待って助成金を申請し、小学校の通学路になっている商店街に店舗を借りてもう二年になる。ようちゃんが培ってきたノウハウとネットワーク、客の流れを読むに長《た》けた三穂のコンビで、ランチタイムは繁盛し、日が暮れると、両親が共働きで帰りが遅い子から生活困窮家庭の子まで、時には親を連れて出入りしてくれるようになった。

今年三月の末、散々悩んだあげく、感染を避けるために食堂は閉めた。四月に入った直後はお弁当の店頭販売のみ続けたが、緊急事態宣言の後は、ケータリングに切り替えた。家庭環境があまりにも心配な常連の子ども九人にだけは、週二回ペースで無料でお弁当を届けていた。自宅では新メニュー開発につとめ、わざと多めに作った試作品はここの母親たちにおすそ分けしている。

——配達はどっちか一人に絞った方がいいよ。三穂ちゃんは外に出ない方がいい。

そう言い出したのは、ようちゃんだ。自分は体格もよく、昔から風邪もひかないたちだから、元へビースモーカーで華奢な三穂ちゃんより感染リスクが低いのではないかと主張した。衛生服にマスクという完全防備で、さっそうと原付にまたがるようちゃんは、めちゃくちゃかっこいい。

「なんか、101号室の仕事をさ、私たち全員で力をあわせて支えているみたいなことになっちゃったね」

酔いが回ってきた篠原さんがぽつりとつぶやいたせいで、全員シーンとしてしまった。みんなそれぞれ思い当たる節があったのだ。三穂とてつつがなく食堂がまわるように頑張っていたが、その恩恵を一番受けているのは目の前の親子たちではない気がする瞬間があった。むしろ、彼らの困窮に本来責任を負うべき層の負担を進んで軽くしてやっているだけではないだろうか。暗澹たる気持ちになって、空になったグラスにバカルディを手酌したら、ようちゃんがほとんど反射的に、氷とサイダーを注ぎ込んだ。

「PLLワイヤレスマイクロホン・2018年型」

ジャックダニエルをストレートで飲み続けていた茂木さんが突然言った。

「え、なに？　なんだって？」

「101号室が握りしめていたマイクだよ。ブルートゥース対応の家庭用カラオケワイヤレスマイク。国内での売り上げが落ちていて、二年前から確か受注生産に切り替わってる。たぶん、メルボルンとの取り引きって、あのマイクの営業なんじゃないのかな。今、外出自粛の影響で、海外で日本の家庭用カラオケマイクが売れているって聞いたことある」

豊富な知識で全店舗オーディオ部門売り上げトップ3に入る茂木さんが口にした、さる有名家電メーカーの名前を聞いて、上島さんが顔をしかめた。

「てことは、あいつクッソ大手じゃん。なーにがせっぱつまってるだよ!!」

「でも、あのマイク、メルボルンではそんな需要ないと思う。あれはあくまでも日本の住環境に合わせた商品だよ。あいつがイラついてるのは商談がうまくいってないからだね」

茂木さんはふふっと口の端を歪めた。

「メルボルンは温暖で湿度が低い。庭のある家が多い。ホームパーティー文化が根付いている。自粛期間中、屋外に出て歌いたい人は多いと思う。同じブルートゥース対応型なら、KFM-12っていう他社製品を私ならおすすめするな。音の広がりがぜんぜん違うし、雨水にも強い。なにより、ミラーボール型LEDライトを内蔵してて、メロディに合わせて回転して、色も点滅数も変化する。あたりが暗くなれば、マイク一本で庭一面がクラブみたいに見えるんだよ。川崎の小さなメーカーで作っている知る人ぞ知るマイクだけど根強いファンが多い良品だよ。まだ製造しているのかどうかわからないけど、お、オンライン限定で販売してるな……。頑張ってるなあ」

茂木さんが肩をすぼめて手元を操作すると、そのカラオケマイクの画像が画面いっぱいに大写しになり、全員に共有された。両手で覆えるくらいの大きさのミラーボールが長いマイクでまっすぐに貫かれた、特徴的なデザインだった。確かにこっちの方が海外では面白がられそうではある。

「あー、カラオケカラオケ言わないでよ。歌いたくなってきたじゃん」

加藤さんが手際よくハイボールのおかわりを作りながら、ニヤニヤ笑っている。

「加藤さん、歌うまいよね。ママ友カラオケでＭＩＳＩＡとＡＩ、聴いてびっくりした。プロになれるんじゃん？」

涼くんを麻里ちゃんと同じ保育園に通わせていた上島さんが感心した調子でそう言った。

「あはは、あれは喉を使う、カラオケにだけ通用する歌唱法だよ。あとは顔芸と振りコピね。歌がうまいってわけじゃないの。ほら、歌うまくてもカラオケの点数そうでもない人いない？」

加藤さんは画面越しでみると芸能人みたいな風貌だが、店ではマイクを握ったら離さない盛り上げ担当だそうだ。客に気に入られても恋愛感情を持たれるということがないキャラを年月をかけて構築し、そのポジションが自分でも気に入っているらしい。

「加藤さん、オンラインでカラオケの先生とかやればどう？　人気でそうじゃない？」

篠原さんがとろんとした目で提案すると、彼女はちょっと悲しげに首を傾げた。

「そんなにうまくいくかねえ。常連と有料Ｚｏｏｍ飲みとかたまーにしてるけど、やっぱ家族の目があると、そう頻繁には来てくれないもん。中庭も使えないとなると、私ももう、ここは引け際なのかな」

加藤さんは自分で飲む用とは思えないほど丁寧に三杯目のハイボールを作りながら、ハスキーな声で続けた。

「実家の親とはもともと仲悪いし、こんな状況だから絶対に帰ってくるなって言われてるしさ。私にはそもそも、ここは分不相応な家賃なんだよ。でも、麻里を夜に残して働くとなるとさ、親友と一緒に住める安心な物件に住むしかなかったんだ。もう恵子もいないしさ。佐々木さん、家賃払えなくなっても、ぜんぜん慌てなくていいって言ってくれるけど。やっぱ気になるよ」

「せめて、うちの店舗さえ再開すれば、アルバイトとして働いてもらえるんだけど……。もちろん微々たる額しか出せないけれども」

ようちゃんが悔しそうに言った。加藤さんは、ありがと、でも私、料理これだよ？　と焦げたアメリカンドッグを画面におどけてかざす。どうやら涙ぐんでいる様子だった。

「もう、こうなったら、いっそさあ、私たちが１０１号室の取り引き相手を奪わない？」

三穂はこれ以上、空気が重くならないように、わざと軽い声を上げた。ふいにパソコンが無音になったので、不具合が起きたのかと思って、おーい、とフリーズしているように見える全員に向かって手を振ってみせる。

「できない話じゃないですね」

上島さんがなぜか敬語で言い、それをきっかけにみんな一斉にそわそわ動き出した。

「茂木さんおすすめの、そのマイク、ＫＦなんとかをメルボルンの取り引き相手に横入りして売りつけるんだよ」

「そんなことできるー？」

三穂が笑っていると、上島さんはさらに真顔で続けた。

「あいつの取り引き先さえ、特定できればね。十三時から十六時まで、メルボルンのどこかの企業のCEOとZｏｏm会議しているんでしょ？　相手の顔の画像さえ手に入ればなんとかなる。Facebookで検索かければ、わかるんじゃないの？」

ようちゃんまでがフムスをモヒートで流し込むと、いきなりソーシャルワーカーの表情になって背筋を伸ばした。

「よし、こうしましょう。うちの弁当屋は短期間、営業代行会社に切り替えます。その川崎のメーカーさんに営業を業務委託してもらう形で、成功報酬をいただくんです。茂木さん、メーカーさんに連絡とれますね？　念のため、マイクも二台、色違いで取り寄せておいてください。で、なんらかの方法で取り引き先を特定したら、先方にZｏｏmミーティングをメーカーの営業代行会社として持ちかける。まずは、茂木さんが商品をプレゼンし、篠原さんが通訳する。加藤さんが実際に歌ってみせて、なんならご購入者限定オンライン講師を買って出る。もちろん、成功報酬は加藤さんが総取り。失敗しても何一つ損はありません。なにより、あいつのメルボルンとのやりとりが終われば、中庭は使える。これでどうでしょう？」

「えー、そんな、悪いよ!!　でも今、臨時収入は正直嬉しい」

加藤さんが飛び上がったせいで、話は一気に現実味を帯びた。酔いが徐々に醒めてきたらしい篠原さんが眼鏡を外し、おしりふき用シートを使って拭きながらこう尋ねた。

「上島さん、101号室のパソコンをハッキングとか、できないの？」

どこと契約しているとはっきりとは教えてくれないが、上島さんはおそらく現在、大手銀行のシステムを担当中なのだ。上島さんは顔の前で手をぶんぶん振り回している。

「はあ？　私？　無理無理。あのね、そういうのね、エンジニアへの偏見ですからね！」

何か思い出したのか、上島さんはプリプリして演説を始めた。

「言っとくけどね。ハリウッド映画みたいに暗い部屋でキーをタン、タン、タターン、はいロック解除、なんてまずありえないから。最近はどこもハッキング対策に命かけててセキュリティのアップデートもこまめだから、簡単にホールは狙えないよ。欲しい情報があるなら、アナログな攻め方が断然理にかなってるって言われてる。セキュリティ担当者をストーカーして油断した一瞬を狙うしかない。例えばコーヒーチェーンでパソコンを立ち上げた瞬間に後ろから覗くとか、向かいの建物から望遠鏡で、自宅で持ち帰り仕事しているところを覗くとかさ。私にやれることがあるとしたら、そうだなー、Ｚｏｏｍでプレゼンするときの他社製品との性能を比較するパワポ、あと、アニメーションを使った豪華な背景画像ならササッと作ってあげられるよ」

「じゃあ、それ、任せます」

ようちゃんが言うと、上島さんは大げさに胸をなでおろした。いつの間にか、ようちゃんが司令塔になっているので三穂は誇らしく、いかにもコバンザメ風に提案した。

「あの家、望遠鏡で向かいの我が家から覗こうか？　犯罪かな？」

「麻里にわざとボールを投げさせて１０１号室の窓を割らせよう。ボールには高性能超小型カメラを仕込む。ほら、うちの店のナンバー１につきまとってたストーカーがさ、更衣室に忍び込んで昔仕掛けてたあれと同じやつにする」

「加藤さんがすぐに見つけて警察に突き出したやつ？　そうだなあ、うーん、仲良くなって、家にこんにちはっておじゃましてて、なにげなくパソコン覗くとかがまだ現実的じゃないかな？」

「三密避けろって言われている時期に、どうやったら家に入れてもらえるっていうの？　ただでさえ警戒されているのに」

　奏くんの泣き声がして、この夜はお開きとなった。飲みの席のジョークのはずが全員、体中ぐるぐるする妙な高揚感に包まれていた。


　二晩連続で開かれたパティオ6オンライン飲み会には、始まって以来初のゲスト・大家の佐々木さんが現れた。ようちゃんが何食わぬ顔をして、声をかけたのだ。

「あら、ねえ、これ、聞こえているの？　おーい、おーい？」

　パソコンの中で、何度も不思議そうに確認して首をかしげて手を振る姿が初々しくて、みんな目的も忘れて、ニコニコしてしまった。全員ヨレヨレの姿なのに対して、佐々木さんだけパジャマにちゃんとカーディガンを羽織り、ショートヘアの前髪をななめになでつけ、淡いコーラルの口紅を引いているので、その画面だけほのかに発光しているようだった。

「久しぶりにお化粧しちゃった。見られてもいいように、おつまみもちゃんと作ったの。酒屋さんにもお酒を配達してもらって。なんだか両親が生きていた頃みたい、こういうの、楽しいなあ」

　そう言って、ガラスの器に盛り付けた彩りのよい和え物や、中庭で育てたバジルを使ったサラダ、一輪挿しに飾ったモッコウバラ、ハーフボトルの白ワインをいちいち画面に向けてくるので、誰もが本心からそのマメさを褒め称えた。

「ようこそいらっしゃいました～！　パティオ～6～全員～集合～!!　今夜は～朝まで～全員～酒豪！」

加藤さんがコールと手拍子で景気良く盛り上げ、佐々木さんは江戸切子の小さなグラスをはにかみながら傾けた。目元が早くもほんのり染まってきている。

「聞きましたよ。うちの店の向かいの八百屋さんから、佐々木家はとっても仲良しなご家族だったって。ご両親ともにご自宅で佐々木さんが看取られたんですよね」

ひとしきり盛り上がったあとで、ようちゃんがいよいよ切り出した。佐々木さんは大地主の一人娘で、この近所で一番大きなドラッグストアは、一家が暮らしていたお屋敷の跡地に建ったものらしい。

「まあね、遅くできた子だったからとても甘かった。このマンションもね、いずれ私に残すために八〇年代に建ててくれたんだけど、中庭をつくりたいなって私が言ったら、その通りにしてくれた。今はあんまり見ないけど、あの頃はテラスハウスみたいな物件がすごくブームで……。あ、みんな知らない？　『金曜日の妻たちへ』って」

目を細める佐々木さんに全員、首を横に振った。上島さんが『雪の宿』をバリバリかじりながら尋ねた。

「なんか不倫ドラマですよね。名前しか知らないかも」

「家と家は離れているけれど、テラスみたいな共有スペースがあって、そこで飲み会をしたりするんじゃなかったかなあ。それから、パティオっていう中庭が流行《はや》り出したの。それぞれがプライバシーを守りながら、ちょうどいい距離感で親しくできるでしょ？」

「でも、住人同士で不倫してドロドロになるんだったら、距離近すぎたんじゃないんですか～？」

「あの頃はどのドラマもすごくお金をかけていた。だから、設定や小道具がそのまま社会現象になったりしたの」

「へえ、大家さんってけっこうミーハーだったんですね、意外」

加藤さんがからかうと、佐々木さんは恥ずかしそうに笑った。

「そう。そのときそのときの楽しいことに飛びついてふわふわしているうちに、いつの間にかこの齢になっていたの。このＺｏｏｍっていうの、面白い。お勉強して次は私が呼ぶ側になってみようかな？」

瞼が重たそうになっている。聞くなら今だ、と画面越しにみんなで素早く、目配せを交わした。

「あのう、１０１号室のご夫婦のことなんですけど、どんな方なんですか？」

篠原さんが丁寧に尋ねるなり、上島さんがいかにも善人ぶって目尻を下げてみせた。

「ほら、中庭のことでもめたから、わだかまりを解きたくて……。これをきっかけに仲良くなろうとおもっているんです。夫さんの勤め先は〇〇の営業担当であってます？」

普段なら絶対もらさないであろう個人情報だが、佐々木さんは子どものようにこっくり頷いた。

「でも、そういえば、ご夫婦で一緒にいるところを実はあまり見たことがないなあ。奥様は確か専業主婦だったはず。そうそう一度だけ、越してきたばかりの時に、この近所にお惣菜を売っているお店はありませんかって私に聞いてらしたの。お料理をする習慣がないんですって。だったら、お向かいの三穂さんと洋子《ようこ》さんが商店街でやっているお弁当屋さんはどう？　ってすすめたことがあるの。あの方、お店にきたことない？」

三穂とようちゃんは顔を見合わせたが、まったく記憶にない。仲間はずれはよくないと思って、101号室におすそ分けを持っていっても、消え入るような小さな声でインターホン越しに断られてばかりだ。

「今は便利よね。ウーバーなんとかっていうのがあるじゃない。よくご利用されているみたい」

「あ、しょっちゅうこのマンションにきているウーバー、あの家か！」

上島さんが何故かものすごく悔しそうに叫んだ。

「きっと、韓国料理だよね。すれ違った時、コチュジャンの匂いがしたもん」

三穂は何度か自転車置き場で遭遇した、配達の若者が保温バッグから取り出そうとしていた、レジ袋に印刷されていたロゴを必死に思い出そうとする。

「私も見た。たしか、あれ、新大久保に本店があるヤンニョムチキンの有名なお店だと思う。ドラマかなんかの影響で流行っているんだよ。店の若い子がよく休憩中に食べてた。これこれ！」

加藤さんが騒いで、真っ赤なタレのからんだチキンと韓国語のロゴが入った特徴的な平べったい大きな箱を画面共有してくれた。篠原さんも上島さんも茂木さんもピンときていないようだった。佐々木さんに至っては早くも興味を失い、うつらうつらしている。その肘にあたって、そっと前に押し出されたモッコウバラの花びらが、はらはらと散っていった。

「こんにちは。向かいの106号室の者です。この間はうるさくしてお仕事を邪魔して、申し訳ありません。住人の代表で、お詫びとしてお弁当をデリバリーしにきました。よければ、ここに置いておきます」

向こうから見えるわけではないが、某有名ハンバーガーチェーン勤務時に身につけた隙のない笑みを浮かべ、三穂はインターホンに向かってまくしたてた。くぐもった男の声がかすかにして、通話はすぐ途切れた。ドアノブにお弁当の袋をひっかけると、食欲をそそる甘辛い匂いが立ち昇る。

「お気に召したら、住人特別無料キャンペーン中でいつでも配達します！　中に店の名刺、入れておきましたからね！」

三穂は窓に向かって声を張り上げ、しんとした午後の中庭を駆け足で横切った。子どもの姿がまったく見えないと原っぱのように広々した空間で、片隅に麻里ちゃんの自転車が打ち捨てられているのがやけに寂しげだった。風にそよぐハーブや芝が青臭く感じられる。105号室から奏くんの「うんち！」と叫ぶ声が聞こえてきた。部屋に戻るなり、身につけていたマスクとビニール手袋をゴミ箱に投げ込み、消毒液を手指に噴射して擦り合わせながら、三穂は窓を細く開ける。ようちゃんを引き寄せて向かいのドアを見張った。しばらくしてから、101号室が周辺をそっと窺いながらむくんだ顔を出し、背中を丸めてお弁当を取りこむのをバッチリ目撃した。

四十二分後、店用のアドレスにメールが届いた。はっきりとは書いていないが101号室は早くも三穂特製チキンに夢中な様子だ。明日の午後、同じものをもう一度注文したいとのことだった。三穂は小躍りした。こういう味が濃い流行りの食べ物は、絶対に妻さんの方の趣味じゃないと夫婦の雰囲気や風貌から予想したのは、正しかったのだ。

ネットで探したオーソドックスなレシピに、試行錯誤を重ねた成果はちゃんとあらわれた。牛乳に漬けておいた骨つき鶏に、オリジナルの天ぷら粉をたっぷり二度付けして、からりと揚げる。ヤンニョムだれの作り方は千差万別だが、三穂はコチュジャン、はちみつ、醬油、にんにく、しょうが、ごま油、ケチャップをベースに、梅肉エキスとブルーチーズを足した。

「でもさあ、三穂ちゃん、こんなことして何か意味あるの？　101号室を喜ばせているだけじゃない？　たとえ胃袋をつかんでも、家の中まで入れてもらえるとはとても思えないけど？」

ようちゃんはどういうわけか嫉妬らしきものをにじませている。三穂は洗面所で念入りに手を洗い、音を出してうがいをしてから、割烹着と新しいビニール手袋、調理用マスクを身につけ、キッチンに向かった。

「私以外に食べさせる時もこんなに一生懸命になるんだね」

悔しそうにつぶやくようちゃんにキュンとして、危うくチキンなんてどうでもよくなりかけた。

「まあ、見ててよ。あのタイプは舌じゃない、脳で情報を食べるんだよ。脳の満腹中枢をぶっ壊すには、見た目と付加価値。明日の注文ではこのソースを添えるつもり。赤と黄色で思いっきり『映《ば》える』」

三穂は本来ならナチョス用の真っ黄色なチーズディップの入った鍋を突き出した。カウンター越しにスプーンで味見をしたら、ようちゃんはしぶしぶと頷いてみせた。

「でも、こんなことしてるうちに、先にみんながぶっ壊れちゃうよ」

ようちゃんの言う通り、中庭が使えなくなったことで、母親たちの疲労はピークに達している。もはや、乗っ取り計画のことなど、酔っ払いの冗談として忘れつつあるようだ。篠原さんのものらしき絶叫が風に乗って聞こえてきた。

「もう少し待って。あと一つなにかいる。赤、黄、ときたら、プラス一色欲しい。ねえ、韓国ってキムパあるくらいだから、お寿司もありだよね？」

不満げなようちゃんを制して、三穂は冷蔵庫にすっとんでいき、野菜室の引き出しをあけたのだった。


みずみずしいアボカドの薄切りで覆われたカニカマとマヨネーズたっぷりのカリフォルニアロール、冷めても硬くならないチーズソース、サクサク感は残しながらもコクのある甘いタレが染み込んだ真っ赤なヤンニョムチキン。我ながら絵の具のように強烈なコントラストに圧倒される。今日の夕方、１０１号室に届けたこのお弁当は、もちろん、母親たちにもおすそ分けしているのだが、誰もドアの外を確認する余裕などなかったらしい。その晩のＺｏｏｍ飲み会はかつてないほど活気がなかった。

今日は上島さんと加藤さんのペアで、望くん、麻里ちゃん、涼くんの三人を連れて、近所で一番大きな公園に恐る恐る行ってみたところ、案の定、同じ保育園や小学校に通う仲間たちが、疲弊しきったそれぞれの母親を従えて大勢ひしめいていた。久しぶりに再会した子ども同士はおおはしゃぎしてもつれあい、ソーシャルディスタンスどころではなく、早々に引き上げてきたそうだ。篠原さんの参加が一番遅いのはいつものことだが、今夜は元気いっぱいの奏くんを首にぶらさげて現れた。

「もう十一時過ぎだよ!?」

三穂がぎょっとしてつい言ってしまうと、

「だって寝ないんだもん!!」

篠原さんはわっと泣き出した。奏くんは「ママ、泣かないでえ」とお日様のように微笑んだ。一日室内で遊ばせていたそうで、仕事がはかどらないのは当然のことながら二歳児のありあまるパワーを発散させることができず、昼寝をしないのはもちろん、いつにも増してまったく寝てくれないのだそうだ。加藤さんはもう何もかもあきらめて麻里ちゃんと一日中YouTubeを見て過ごしていたらしく変にハイテンションで、そうかと思うと涙目になっている。大抵はしゃべり通しの上島さんでさえ、今日はやけに静かだなあ、と思っていたら、いきなりその画面だけ暗転した。数分後、上島さんは緑色の顔で戻ってきた。たった今ゲロを吐いたのだという。父親とオンラインで勉強していた翠ちゃんが、弟のせいで集中できない、このままじゃ受験に落ちると癇癪を起こしたのをなだめるのに力尽き、ずいぶん早い時間からいいちこを希釈なしで飲んでいたせいだそうだ。茂木さんは茂木さんで、空気清浄機を求める客がひきもきらずヘトヘトで帰宅してみたら、いつもは聞き分けがよい望くんが、ママもパパもうちだけなんでいつもいないの、と泣いて、バイオリンを壁に投げつけた。いよいよ退職の検討に入ったところだという。三穂は深呼吸し、母親たちに厳かに報告した。

「みなさん、今日は朗報があります。１０１号室のInstagramをさっき特定しました。１０１号室がフォローしているアカウントに、取り引き先らしい海外の企業がいくつかあり、その中にメルボルンに本社がある某ライフスタイルブランドを発見しました」

うつろだったそれぞれの瞳がみるみるうちに輝きを取り戻した。

「この時期にヤンニョムチキンを頻繁に頼むような人間は、絶対にＳＮＳに投稿するはずという読みはあたりました。うちのヤンニョムチーズロール三色弁当は今のところ世界にたった一つ。やつがアップさえすれば画像検索でアカウントを即特定できるから、ずっとこの瞬間を待っていたんです。同じもの、みなさんの家のドアノブにかけてありますから、試食してみてください」

さすが!!　とみんな口々に叫び、飛ぶようにして玄関にお弁当を取りに行った。チーズをからめたチキンや寿司を頬張りながら、ようちゃんが画面共有した「イーニッド・ルーム・カンパニー」のサイトをああだこうだと好き勝手に批評しながら、隅から隅まで眺めた。カフェを併設した高級セレクトショップをオーストラリアでチェーン展開し、家電、アロマキャンドル、家具、アパレル、書籍まで取り扱っている。アボリジナルアートの敷物やアクセサリー、日本の包丁やドライヤーも見受けられた。どれもこれも手が出る値段ではないが、なんだかセンスの良い友達の部屋にふらりと遊びに行ったような気分になれる楽しいブランドだった。

ようちゃんが、川崎のメーカーの営業担当者を名乗り、英文メールで広報にコンタクトを試みたところ、深夜にもかかわらず、即レスで返信が来た。向こうの時刻にして翌朝十時であれば、ＣＥＯ自らＺｏｏｍミーティングに参加してくれるとのことだった。拍手がひとしきり終わるのを待って、ようちゃんはそれぞれが押し込まれている分割画面に順繰りに目を配った。

「誰一人欠けてもダメです。明日は全員、参加してくれますか。こういうブランドには、女性の結束が強い会社の体質はプラスに働きます」

「よし、こうなったら今から、あしたのトークに備えるよ。半休使う」

茂木さんが真っ先に胸を張って宣言すると、篠原さんはようやくウトウトし始めた奏くんをよいしょ、と抱き直しながら、

「英語しゃべるのも聞き取りも久しぶり。ちょっと耳慣らししとく。これから久々にネトフリで洋画でも見ようかな」

と、つぶやいた。上島さんだけは両手を合わせて拝むしぐさをしている。

「ごめん、この間約束した背景もパワポも実は何も作ってない。朝まで頑張るよ」

「ちょっとでも顔出しするんだったら、パックしよう。万が一歌う時に備えて、首にネギ巻いて寝る」

加藤さんは早くも美顔ローラーを取り出し、顎に沿わせて転がしている。

翌朝、オンライン上のミーティングルームに集合した母親たちはそれぞれ凜々しかった。三穂もようちゃんも、最近は半分寝起きみたいなみんなの姿に慣れていたが、篠原さん上島さんはともにパリッとしたスーツ姿だし、茂木さんはセール時に着用を義務付けられているという法被《はっぴ》姿

が勇ましく、加藤さんは出勤用の肩の出る華やかなロングドレスと、子どもやご近所には滅多に見せない出で立ちには、自信がみなぎっていた。上島さんが徹夜で作った背景のアニメーションは、花びらが舞い散る夜のお花見会場がゆるやかに屋形船の中へと変わって最後は隅田川を下っていくという凝った作りだった。みんな今年はろくに桜なんて眺めていないので、うっとり見とれてしまった。

赤い縁の眼鏡がよく似合う四十代前半のアフリカ系女性、イーニッド・ローズさんも同じだったらしい。画面に現れると同時に、まっさきに背景動画を指差し、タッセルのイヤリングを派手に揺らしながら、感動したような声を上げた。

「日本の桜はむかしから大好き、すてきなアイデアですね。みなさん、突然にもかかわらず、集まってくださりありがとう、今はミーティングが立て込んでいて……」

と、篠原さんはすらすらと通訳したが、次の瞬間、その口に小さな手が正面からつっこまれて、目を剝いてえずくはめになった。昨夜あんなに遅くまで起きていたとは思えないほど、はつらつとした奏くんが篠原さんの膝に上がりこみ、その顔をべたべた触っている。

「アイムソーリー、マイ　サン……」

篠原さんがうなだれると、イーニッドさんはすぐ優しい調子で首を横に振り、背後に向かって何か言った。ベビーシッターらしき若い男性が、イーニッドさんによく似た赤ちゃんを抱いて隣に現れた。わあ、可愛い、とみんな口々に言う。

「うちも生まれたばかりの子どもがいてリモートワーク中だから、気にしないで、ですって」

篠原さんがほっとしたようにそう続けると、イーニッドさんはこちらを安心させるように何度も頷いてみせた。

「他の日本の企業ともやりとりしているけど、日本のビジネスマンは子どもの声を嫌うから、昼寝の時間をみはからって会議している、でも、みなさんは遠慮しなくても大丈夫そうですねって」

「ノープロブレム!!!」

三穂とようちゃんは同時に叫んだ。

「別の取り引き相手なんだけど、外から子どもの声がすると、うるさくて申し訳ありませんと何度も謝るせいで、そのたびに商談が途切れてしまう。そうなるとこちらも静かにさせなくちゃ、と焦ってしまうんですって」

篠原さんが通訳すると、それ、たぶん私たちのマンションの中庭の音です、とも言えず全員、懸命に唇をひきしめた。茂木さんはやおら例のマイクを手に身を乗り出し、普段とは別人のような笑顔と講談師のような身振り手振りで、よどみなく話し始めた。

「今回おすすめさせていただくマイクは、まさにそんなお子様がいるお宅にぴったりの商品でございます。ブルートゥース対応、小さなお子様が不快に思うハウリング音も最小限に抑えております。室内はもちろん、なにより雨水に強く、な、なんと庭でも歌うことができるんです。自粛が広がる今、まさに我が家がコンサートホールになる優れものです。それだけじゃなく、ご覧ください。なんとこのミラーボール、曲に合わせて回転し、点滅数、カラーも柔軟に変化します。ご家族そろって盛り上がること間違いなし! なにより、お値段、据え置き……」

篠原さんが端からほぼ同じテンションで通訳していく。上島さんの作った他社製品との比較表はわかりやすく、イーニッドさんは眼鏡をかけ直し、前のめりになって読み込んでいる。

「オーストラリアでもカラオケはとてもポピュラーです。でも、みんな上手く歌おうというより、歌うこと自体を楽しむという感じ。だけど、このマイクなら、歌が上手かったらもっと楽しめるでしょうね」

篠原さんの通訳を受けて、待ってましたとばかりに加藤さんの姿が画面いっぱいに大写しになった。

「いえいえ、歌は上手くならなくてもいいんです！　ちょっとしたコツで、だれでも上手く聞かせることはできます。私、カラオケアドバイザーのユリ・カトウです。おのぞみであればご購入者様全員にオンラインレクチャーをさせていただきます。簡単なカトユリ式歌唱メソッドさえ身につければ、どんな方でも有名シンガーになれます」

艶《あで》やかなロングヘアに赤い口紅をばっちり決めた加藤さんが、リアーナそっくりの身振りとまなざしでワンフレーズ歌っただけで、イーニッドさんは手を叩き、瞳を輝かせながら早口で何か言った。篠原さんが勢い込んで、こう続ける。

「アフターケアもばっちりってわけですね。心強い、だって。競合他社が何社かあるけれど、ぜひ、あなたがたのマイクの性能を試してみたいし、なにより、ミラーボールの機能も見てみたいだって。夜暗くなってから、外で歌ってみせてくれないかって。明日の夜、他の社員たちと一緒に見にくるって」

佐々木さんがどうしてもやりたいと言って自らホスト役を務めたその夜のオンライン飲み会は、佐々木さん以外、誰も酒を飲まなかった。上島さんが作った桜のアニメーションを、佐々木さんがしきりに見たがったので今、画面には花びらが浮かぶ夜の川が流れていて、それぞれの顔はパソコンの片隅に小さく押しやられている。疲れ果てた自分たちを直視しなくて済むのでむしろ助かっていた。この間と同じように佐々木さんがうたた寝を始めるのを待って、明日夜のライブZoom中継のことでめいめい頭を抱えていたのである。

「どうしよう。中庭でパソコンを前に加藤さんがガナってたらさすがにバレるっしょ。101号室に」

「その間、あいつに留守にしてもらうか……。ダメだ、不要不急すぎる。それか寝ててもらうか?」

「あ、いいこと思いついた。三穂ちゃん、チキンに睡眠薬を入れられないかな?」

「ダメダメ、それじゃ犯罪だよ。量を間違えたら死ぬこともあるんだからね」

その時、ここにいる誰のものでもない声がどこからか降ってきた。一瞬、天からのお告げみたいに聞こえた。

「私がライブの間だけ、あの人のこと眠らせてあげましょうか」

一同ぞっとした。それが誰だか、すぐにわかったのだ。桜の舞う夜景でモニターがいっぱいなのと、それぞれの分割画面が隅にひしめいているせいで、すっかり見落としていたのだが、一つだけ見慣れない顔がそこに存在していたことに初めて気が付いたのである。

「いつからそこにいたのか!!」

上島さんが動揺しすぎて、ロボットのようなカタコトしゃべりになっている。

「ええと、105号室の人が入ってきた、ちょい前くらいかなあ」

突然画面に出現した101号室の妻さんは淡々と言って、視線をどこにも向けないでストロング系チューハイを傾けている。篠原さんは今日は奇跡的に奏くんの寝かしつけに大成功し、二十時の段階でウキウキ顔で現れた。ということは、やりとりはほぼ全部聞かれていたということになる。三穂は慌てて操作し、画面をみんなの顔が均等に配分されるモードに切り替えた。

「私、Zoom初めてでよくわからなくて、ビデオはずっとオフにしてました。今は私の顔も見えているでしょうか? 佐々木さん、私たちのこと、もうすっかり打ち解けたと勘違いしているみたいで、今夜一緒にリモート女子会やりませんかって、わざわざうちまで来て、庭のお花をくれるついでに、ミーティングIDを教えてくれたんです」

三穂は、ここまできて御破算かよ、とうなだれた。

「ストロング系は体に悪いから飲むのやめた方がいいって聞きましたよ。飲み残しの安物でよければ、部屋の前にワインおきにいきましょうか」

篠原さんは気が動転したのか、なんだかズレたことを口走っている。

「けっこうです。ワインならすごく高いやつがうちにあります。私は味とかよくわかんないんですけどね」

101号室の女性は顔色一つ変えず、そう応えた。無愛想なのでも高飛車なのでもなく、こういうキャラクターなようだ。すっぴんで部屋着姿だと幼く見え、もしかすると、まだ二十代半ばかもしれなかった。

「カリフォルニアのサンタバーバラで、夫が買ったんです。『カベルネは二度目の恋の香り』の舞台ですよね」

「え、それ、私が初めて翻訳した作品！　なんでそんなこと知っているの!?」

篠原さんは、手足をばたつかせている。

「みなさん、いつも中庭で自分たちの話してるから……。それにみなさん、声がめちゃくちゃ大きいじゃないですか？　立ち話だけじゃなくて、家の中の喧嘩とかお子さんを叱る声まで、いろいろ……。ここに来た時から、まる聞こえなんですよね」

「え、そうだったの？」

茂木さんがビクッとして上目遣いになった。三穂もようちゃんとイチャついている時のあの声までもしや、と想像すると顔が真っ赤になった。

「今までみなさん、誰にも注意されたことないんですか？」

１０１号室の女性にとがめる調子は全くなく、むしろ本当に不思議そうだったので、みんなかえって羞恥心が募って小さくなってしまった。自分たちの声がデカいとなると他人のそれも気にならなくなるらしい。そういえば、ご飯を食べたり仕事をしたりしていると、上島さんの怒号が、加藤さんの歌声が、篠原さんの悲鳴が、茂木さんのうなり声が遠くの方から聞こえてくる。それぞれの家族の声や生活音も絶えることがない。でも、それが当たり前になっていた。

「羨ましい」

彼女はぼそっと言った。

「それって家族の前でも、のびのび振舞えて認められているってことですよね……」

「えー、そんなことないよ。うちなんか離婚寸前だよ。全然、のびのびしてない!!」

「うちもうちも!!　婚姻オワタ!!」

上島さんと篠原さんが騒ぎ出したら、101号室の女性はようやくほんのりと微笑んだ。

「あなたは、違うの？」

と、三穂が遠慮がちに聞くと、か細い声が返ってきた。

「……昔から男の人の前で大きな声を出したことはあんまりないかな。小学生の頃、クラスの女子と話していたら男子から、ぎゃあぎゃあうるさいんだよブス、って急に言われたことがあって」

「そのガキは最低だな!!」

「大きな声でも大丈夫だよ。うちら全員誰も捕まったりしてないしさ。こんな風にうるさいけど、よければ今から仲良くしてよ。ね？」

上島さんがそう言うと、茂木さんも頷いた。

「うんうん、これまで気付かなくて悪かった。誘ったつもりだったんだけど、疎外感感じさせちゃってたね。ごめん」

101号室の女性はなんでもなさそうに、

「いいえ。こっちの問題。昔っから、女子の輪に入っていけなくて。でも、次に暮らす場所では、もう、そういうの変えていきたい」

と、つぶやいた。この口ぶりだと早晩101号室を出て行くのだろうか。せっかく近づきになりかけたのに……。三穂は何か引っかかった。

とにかく、それでも約束は守られた。あの人がどんな手を使ったのかはわからず仕舞だが、翌日の日本時間二十時から始まった、十分にも満たない中庭からの生中継ライブは滞りなく進行し、101号室の男が乱入することはなかったのである。

開始時間を迎えると、Ｚｏｏｍのミーティングルームにはイーニッド・ルーム・カンパニーの社員が三十人近く入室した。篠原さんの照れをふくんだぎこちないＭＣが、かえって彼らの期待を高めたようだ。

「レディースエンドジェントルメン、ユリ・カトウ　シングス。ゼン　プリーズ　リッスン。ミーシャ、エブリシング……」

加藤さんの存在を引き立たせるために、パティオ6の面々はＺｏｏｍから一斉退出して、中庭に面した窓に駆け寄った。バーベキューセットの網の上に置いたノートパソコンの前で、肩出しのドレス姿で頭にターバンを巻いた加藤さんがマイクを握り締めている。茂木さんの言っていた通り、音楽と同時にマイクと一体化したミラーボールが回転し始めると、闇に沈んでいた中庭全体が色とりどりのライトで照らし出され、銀河を泳ぐ宇宙船内のような巨大空間が出現した。加藤さんはそのど真ん中に立ち、ためらいがいっさい感じられない表情で瞼を軽く閉じると、オーケストラが奏でる壮大なイントロに身を委ねながら、気持ち良さげにフェイクを響かせている。溜めに溜めた後の決壊するような歌い出しは、完璧なタイミングだった。

「すぅれ違う、時の中でぇぇ〜」

三穂とようちゃんは興奮のあまり窓辺で抱き合った。それぞれの家庭の子どもたちがゆっくり左右に振るペンライトの光が窓から漏れ、銀河に連なった。翠ちゃんの奏でる電子ピアノ、望くんのバイオリンも追いかけてきて、ともすると無機質になりがちなカラオケ間奏に彩りを加えている。加藤さんは本人も言うように完璧なディーバというわけではないが、酒焼けした哀愁のある歌声は、心の襞をかきわけて聴き手それぞれの思い出をぐっとつかんで揺さぶる力があった。

「あなぁたとめぐぅり逢えた〜　不思議ね　願った奇跡が　こんなにも側にあるぅなんて……」

隣のようちゃんをちらっと見たら、なんと涙ぐんでいる。どちらからともなく指を絡ませあったら、出会った頃を本当に思い出してしまって、その晩の二人はおおいに燃えた。あとから聞いたところによれば、この夜、母親たちは全員、五日間中庭を使えなかった緊張と疲労のせいで、死んだように爆睡していたということである。

＊

朝起きると、妻は本当に姿を消していた。それればかりでなく眠い目をこじ開けたくてなんとなくスマホをいじっていたら、ほぼ決まりかけていたメルボルンの取り引き先から、急に別メーカーと契約したため白紙にして欲しいという英文のメールが入っていた。舌打ちしながらソファから身を起こすと、何かにつまずきかけた。床に転がっていたその瓶は新婚旅行で訪れたサンタバーバラのワイナリーで購入したビンテージワインだった。頭がズキズキして、舌の付け根に澱《おり》がこびりついていた。

部屋中、掃除が行き届いていて、テーブルの上は何事もなかったように片付いていた。どうせ、すぐに帰ってくるだろう、と宮本《みやもと》は自分に言い聞かせ、浴室に向かう。妻の実家は九州で、このご時世、帰省は難しいだろうし、行くあてが他にあるとは思えない。ふた回り近く年下の妻は、出会った頃から友達がまったくいなくて、そんなところが一緒にいて落ち着いたのだ。

——口にあわないかもしれないけど。

そう言って、妻が昨晩用意したのは、カプレーゼ、バジルのパスタ、鶏肉の香草パン粉焼きというメニューで、止めるのも聞かず、いきなり大切なワインのコルクを抜いてしまった。テーブルには大家さんからもらったという黄色いバラが飾られていた。キャンドルが灯ると、部屋の明かりが急に消えた。妻の料理を食べるのは久しぶりだった。最初に作ってもらった時、得意でないことがありありとわかる味だったので、今後は出前をとろう、と宮本は提案した。以来、それぞれ好きなものを好きな時間に注文するか、出来合いのものを買っておくようになり、いつの間にか食事は別々に、宮本はキッチンでパソコンを見ながら、妻は別室でとるようになっていた。険悪なわけではない。年が離れているから、言い争いに発展したこともない。自粛生活が始まってからも、よその夫婦のようにお互いの存在を邪魔に思うこともなかった。子どもに関しても、君が欲しいならいつでもいいよ、というスタンスだった。宮本は昔から他人に譲るおっとりした性格で、妻になにかを要求することはなかった。

久しぶりに向かい合って食べてみると、妻の料理はそうまずいわけでもなかった。アルコールを飲むとすぐに眠くなる体質なので普段は避けているが、思い出のワインをあけてしまった以上、ついついスピードも量も増してしまった。何故ワイナリー巡りをしたかったかといえば、好きな映画の影響であり、何故ビンテージワインを買ったのかといえば、ラベルがしゃれていて、SNSに投稿したかったからだ。美味しい食べ物や話題の店を載せる宮本の Instagram はフォロワー数もいいねの数も多い。

――これが、最後の食事だよ。私はもう出て行くね。離婚届はあとで送ります。

ワインをやおら飲み干した後、妻が表情を変えずに言った。やれやれ、何を莫迦《ばか》言ってるんだ、と笑って流そうとしたが、すでに眠くて眠くて、仕方がなくなっていた。アルコールのせいか、妻は別人のように饒舌で声がよく通った。

――庭からお母さんたちを追い出したでしょ。あの人たちが大変なの、ちゃんと知ってるくせに。どう考えてもお母さんやお父さんたちの方がぜんぜん声が大きいのに、大人を注意するのが怖いから、子どもを人質にとったんだよね？

――なに意味わからないことを言っているんだ。仕方ないだろう、申し訳ないとは思うけど、こっちは大きな仕事なんだよ。ああ子どもがうるさくちゃ、取り引き相手にも迷惑だろう。

宮本なりにどう伝えるべきか悩んだのだ。会社でも気を遣いすぎ、言いたいことの半分も言えない性格だ。中庭にしたって、絶対に使うなとは言ってない。宮本は誰にも一度だって、なにも強制などしていない。

——ねえ、前から言おうと思っていたんだけど、どうして、そこまで子どもの声だけ気にするの？　あなた、別に神経過敏な方ではなくない？　新規の取り引き相手の前でもヒゲは剃らないのに？

思わず、顎をなでたら、ふさふさとした重みがあった。リモート会議する会社の男たちも、みんな身なりにかまわなくなっていたので、特に気にしたことはなかった。

——音も立てずに、育児するなんて、生きていくなんて、無理じゃないのかな。

意識が落ちる寸前、妻はワイングラスをゆっくり回しながら、こうつぶやいた。

——本当にそこまでうるさかったのかな。

グラスの縁が一箇所だけピカピカと光っている。キャンドルではない。どうやら、カーテンの隙間から入ってくる明かりのようだった。それが赤、青、黄、緑と次々に色を変えていった。やがて妻の広いおでこも、部屋全体も、原色の輝きに染め上げられていったような気がしたのだが、あれも夢の一部だったのだろうか。

宮本はシャワーを浴びた後、久しぶりにヒゲを剃った。顔が軽くなったら、なんだか心もとなかった。相変わらず家の中はしんとしている。妻とは生活を分けていたせいで、もともと静かな空間ではあったが、人の気配が一切しないとなると、真空パックに押し込まれたみたいで息苦しかった。

晩餐で飾られていたバラはどこかに消えていた。

ラジオをつけてみたが、キャスターの声がよく通るせいで、空洞の大きさがさらに強調されるかっこうになった。壁紙は白く、天井にも床にも傷一つない。蛍光灯で照らし出されたこの無菌状態の空間で、生まれた時から一人で暮らしてきたような気がした。そして、これからもずっとずっとそれは続くのではないか。

ふいに、中庭から子どもの声がした。取り引きが終わったことはまだ誰にも話していないはずなのに、妻が勝手に大家さんへ使用解禁を申し出たのだろうか。

子どもたちの笑い声が聞こえて来る。自転車の車輪が回転している。ボールが芝生をはねる音がする。自分以外誰もいないリビングに、次々とこぼれてくる光の粒のような音は、宮本を言いようのない不安からほんのいっとき救ってくれた。妻の、いや、美和《みわ》の言う通りだった。どうしてあんなにも耳障りに感じたのか、宮本は自分で自分がとても不思議だった。

緊急事態宣言以降、東京の感染者が初めて五人にまで減ったと、ラジオは告げている。

商店街マダムショップは何故潰れないのか？

琴美《ことみ》が突然、こう尋ねた。

「なんで、あのお店、潰れないんだろうね？」

琴美はさっきから密着したアイスと氷を切り離そうと、柄の長いスプーンでコーヒーフロートをつつきまわしている。三月とはいえ、ここは日本海を望む港町で、潮の香りがする外気は肌を切りつけてきそうなのに、さすが十代。

私もかつて通っていた、この商店街を抜けた先にある県立高校を琴美は先週、卒業したばかりである。

その視線を辿ると、ここ「レストラン・キネヅカ」の向かいにある、婦人雑貨店「ドゥリヤン」に行きついた。午後の陽射しが、ショーウインドウにごちゃごちゃっと並んだ総スワロフスキーのチャームやキーホルダーをふいに反射させ、陳列されている商品を次々に浮かび上がらせる。それぞれ違う楽器を手にした高さ五十センチはあるカエルの置物のオーケストラ群、ゴブラン織りのバッグやポーチ、でっかいカメオブローチ、花と天使が取り囲む陶製の額縁に入った「ローマの休日」のオードリー・ヘプバーン。カップケーキやクロワッサンを模した伊万里《いまり》焼らしき小物入れ――。奥の暗がりにはマダムがあの頃と変わらず、何かを梱包しているのも、確認できた。手にしているらしきハサミかカッターにもスワロフスキーが埋め込まれているようで、きらきら光っている。

「好きな人、一定数いるんだよな。スワロフスキーって……」

「なんか、車にくっつけている人もいるじゃん？」

琴美の言葉で思い出した。この街には、ボンネット部分がスワロフスキーでびっしり覆われたベンツが一台、いつの頃からかよく走っているのだ。

「ああ、私が二十代の時、二つ折りの携帯電話をスワロでデコるのが流行《はや》っていたんだけど、その時くらいから……かな？　いやいや、待て待て待て。この店、私が高校生のときから、いや、そのもっと前から、あるんだよな……」

苺やキウイ、生クリームがたっぷりのプリン・ア・ラ・モードを、インスタにあげるか否か数秒悩んだ末、写真をとらずに切り崩しながら言ったら、琴美は目を丸くした。

「つまり二十年以上前からってこと？」

コーヒーを運んできた、私と同世代か少し上とおぼしき女の店長がチラッとこちらを見下ろした気がした。昔どこかで会ったことがある気がして、急に恥ずかしくなり、私はドゥリヤンに見入っているふりをした。

四十歳。平日なのに仕事もせず、女子高生におごってもらうのにも慣れ、琴美が「好きなのにしなよ。あっちゃん、遠慮しないで。今まで東京の高いお土産もらいっぱなしだったんだし。それに、私は今、お金持ちなんだよ」と言ってくれるのを良いことに、高めのメニューを選んでも、何も感じなくなってきた。

琴美は来月には東京の一流国立大学の法学部に入学が決まっていて、そのおかげで全国に散っている親族たちから、次から次へとお祝い金が振り込まれているのだそうだ。

――ママが離婚したタイミングで東京の総合病院もやめて、この街に戻ってきた時はさ、本家から勘当されたようなものだったのに。それ以来、ウチら母娘はずっと無視されてきたの。でも、私が一族の出世頭の叔父の後輩になるとわかったら、あからさまな手のひら返しだよ。

この街で唯一の産婦人科医院を経営する緑《みどり》さんと、回転寿司屋でパートをする私の母は、ここで生まれ育った同い年の親友だから、私と琴美も自然と親しくなった。しかし、緑さんは四十歳で琴美を、母は十八歳で私を、つまり今の我々と同じ年齢で産んだためにラグが起き、親子ぐらい年齢差のある幼馴染が出来上がった。

さて、琴美の前途洋々な門出と半ば入れ替わる形で、私は地元に戻ってきたところである。予定もないので、元同級生たちをぶらぶら訪ね歩いている。家事や育児で忙しそうな、かつての仲間たちとのフードコートでの会話も楽しいが、今、同じくらい時間がありそうな琴美と面と向かってやりとりしているのは実に贅沢な気分だ。彼女と私がこの十年、仲を深めてきたのは主にSNS上だったから、特にそう感じるのかもしれない。

高校卒業後、東京の専門学校に入学してからというもの、冠婚葬祭を除いては夏と正月しか帰省していなかったので、久しぶりに街を歩いていると発見が多い。高校に入学した翌年に出来た、海岸沿いの巨大ショッピングモールがますます発展しているせいで、個人商店のほとんどが潰れていた。商店街はシャッター通りと化し、開いているのはごく一部のみ。キネヅカとドゥリヤンは、こんな僻地《へきち》でもずっと存続している個人経営店としては稀有な同志なのかもしれない。

しかし、その姿は大きく違っている。

私が幼い頃、キネヅカはいつも客で溢れ、隅々まで明るかった。ご夫婦がカウンターとフロアを素早く行き来し、メニュー数は多く、人気の洋食レストランとして地元メディアで紹介されたこともある。家族とここを訪れるのは特別な日だった。その時代、今一人で切り盛りしている女性店長の姿はなかった。もしかすると、先代の夫妻の娘さんかなにかで、私のように都会から戻ってきて、店を継いだのだろうか。

現在のキネヅカは喫茶店となり、営業時間は全盛期の三分の二くらい。ラックに並んだ雑誌はどれも数年前に刊行されたもので、湿気を吸ってゴワゴワに膨らんでいる。十五時を少し過ぎたが、私と琴美以外に客の姿はない。薄暗いのに、あちこちに埃がたまっているのがわかる。先ほどプリン・ア・ラ・モードを撮影するのをためらったのは、生クリームの絞りもフルーツの切り方も雑で、映《ば》えないと思ったからだ。でも、一口食べると、硬めのプリンにはあの頃のこだわりが残っていた。

一方、ドゥリヤンの方は何一つ変わっていないのである。こうして外から見た限りだが、店の雰囲気も、商品の並べ方も、マダムの紫色のショートパーマも、刺繍入りのニットも、すみれ色の薄いサングラスも。なにもかもが、あの頃のままで維持されている。マダムがこちらを見ている気がするが、窓ガラスとサングラスを挟んでいるせいで、目が合っているのかどうか確信が持てず、私は先ほどから会釈をためらっている。

「でも、変じゃない？　誰かがあの店に入っているのを見たことある？　私、高校三年間でいっぺんもないんだけど？」

琴美がやけに食い下がる。今の高校生も同じことを考えるんだな、とちょっと面白くなってきた。

「そういえば、そうだね」

通学路だったこの商店街で、私もかつて毎日この店を目にしていた。でも、誰かが買い物しているのを見たことがない上、ドゥリヤンはしょっちゅう店を閉めてばかりだった。その期間中、シャッターには『Parisに買い付けにいって参ります。お待たせして大変申し訳ありませんが、しばらくお休みします』という美しいペン字の張り紙がされていて、同級生とそれを目に留めて「誰も待ってねえっつの！」と笑い転げたものである。

「どうやって経営が成り立っているんだと思う？　持ち家だよね？　あの店長はあそこの二階に住んでいるの？　資産家ってこと？　それとも、裕福な奥様の趣味？　あの人、結婚してるの？　そもそも、この街に、そんなにお金持ちな人、暮らしていると思う？」

琴美は興奮気味に次から次へと尋ねてきた。

「いや……。でも、不思議ではないよ。なんでだか、ああいう店あるんだよね。東京でもよく見たよ。日本中、どこにでもあるんだよ。理由はわからん」

琴美はすごく驚いた様子で、コーヒーフロートから完全に顔を離した。

日本全国各地の住宅地や商店街に唐突に現れる、マダム向けの高級雑貨店は何故か決して潰れない。キーホルダー、骨董《こっとう》、服飾雑貨。どの商品もやや装飾過剰でファンシーで、大抵がフランスへの憧れに溢れている。オードリー・ヘプバーンやビビアン・リーなどのクラシック女優へのリスペクトを隠さず、写真やポスターが飾られていたり、非公式まるわかりなグッズが売られていたりする。客が頻繁に出入りしているわけでもなく、たまに常連らしき女性がやってきても、話し込むだけで何も買わずに帰っていくのがデフォルト。そして、商品一つ一つが莫迦《ばか》みたいに高い。でも、マダムショップの女店長たちは、売れても売れなくても別に構わないという優雅な態度を決して崩さない。

「実はさ、私は一回だけあるんだよね。琴美くらいん時、ドゥリヤンに入ったこと……」

私がためらいながらそう言うと、琴美はたちまち尊敬の色を浮かべた。

「すごいね。あっちゃん。勇気あるね！　あんな店に平気で入れちゃうなんて。やっぱり、暴れん坊のヤンキーだったんじゃん！　かっこいい！」

ヤンキーではなくちょっとだけギャルで、物怖《ものお》じしない性格だったってだけだし、彼氏はついに出来なかった。やってきたことといえば仲間とできるだけたくさん、面白いプリクラを撮ることだけ。さらに言うと九〇年代、ギャルは別に珍しくもなんともなかった、という、もう何百回と繰り返している説明をはしょって、話を先に進めることにした。

「赤点とって補習受けててさ、帰りが遅くなったの。その頃、暗くなると、学校のそばを変な男がよくウロウロしてて、遭遇しちゃったの。前から被害に遭っている女の子がいっぱいいたんだ。

放送禁止用語を連発しながら身体や髪に触れてきて、いくら払うから『やらせろ、やらせろ』って騒ぎながら付いてこられたの。身の危険を感じて、咄嗟にあの店に飛び込んだんだよね」

琴美の表情がみるみる険しくなった。

「……大丈夫だった？」

「うん、でも、あのお店にしばらく隠れていたら居なくなった……ような？」

おぼろげな記憶を手繰り寄せ、私はドゥリヤンをじっと見つめた。あの時の不快感が肌にざわりと蘇ってくる気がする。二十年以上昔のことなのにまったく笑い飛ばせないことに、我ながら戸惑った。

「一体、誰が買うんだろう？」

もう一度、琴美が確かめるように尋ねた。

「いや、誰も買わないでしょ。誰も買わない前提で、商店街マダムショップは成り立っているんだよ。それも自然の摂理の一部。この世界が平常運転するために、必要な要素なんだよ」

あの日のことをこれ以上は鮮明に思い出したくなくて適当なことを言って、このテーマを終わらせようとした。

「じゃあ、もし、私があそこでなにか買い物したら、世界の秩序にバグが起きたりして」

琴美がそう口にした瞬間、カウンターの奥で何かが割れる音がした。

「すみません」

女性店主がすぐに謝ったが、その日は琴美に向けられ、怯えているように見えた。このタイミングで？　と吹き出しかけたのを、次の言葉で飲み込むことになる。

「決めた！　私、あそこで何か買ってみる。あっちゃん、付き合って」

言うやいなや、琴美は席を立ち、さっさとレジに向かった。マジックテープで開け閉めするビニール素材のお財布には、一万円札がぎっしりつまっている。店の外に出た琴美を、マスクのゴムを両耳にかけ直しながら、私は夢中で追いかけた。

「やめなよー。お金大事だよ。とっときなよ。東京行ってみな？　新生活が始まったら、いろいろと必要になるよ。服とか食費とかさ」

「うん、わかるよ。でも、これからの生活には不安とかあんまないの。あの大学なら、家庭教師のアルバイトいくらでもあるだろうと思う。あと、就職もそこまで苦労しない気がする。私、将来やりたいことも、もう決まってるし」

琴美の横顔には日本の中枢部に食い込んでいこうとする、ごくごく当たり前の自信が滲んでいる。ろくに勉強もせず、憧れだけでこの街を飛び出した私に、なにも言う資格はないのである。

「なんか、思い切ったことをしてみたい。この街にいるあと一ヶ月のうちに……」

急に琴美の声が小さくなった。見ると、部活帰りだろうか、私たちの母校の制服を着た男女混合グループが道いっぱいに広がって大声で騒ぎながら、やってくるところだった。学校で全然友達がいない、と琴美にＬＩＮＥで打ち明けられた時、私はびっくりしたものだ。リアルでは年に二回会う程度だが、身だしなみはいつもきちんとしているし、すっぴんで分厚い眼鏡をかけていても、モードっぽく見えるきりっとした顔をしている。成績もさることながら、受け答えも大人びているし、性格も穏やかだ。でも、本人いわく小学校の頃から陰キャ扱いで、いじめられていたわけではないが、いつも遠巻きにされていたらしい。

「私も、なんかひとつくらい、派手な伝説、残したいんだよ。あっちゃんみたいに」

派手なんかじゃない。友達がいなきゃなんにもできなかった。本当は強くもなかったよ、と言おうとして、私はやめた。目の前を通り過ぎていくのは、なんてことない子どもの集団だけれど、琴美の目を通せば、選ばれし民に見えることは、私にも理解できたのだ。

ドゥリヤンの入り口にはスプレー式の消毒薬が置いてあって、そこだけ時代に追いついているのが不思議な気がした。私と琴美は、銃を撃ち合うようにポーズを決めて、お互いの手のひらにそれを噴射しあった。


——まあ、怖かったですねえ。大丈夫？

あの日、震えが止まらない私を覗き込み、この辺りではあまり聞かない、上品でおっとりしたアクセントでマダムはそう話しかけてくれた。重めの香水がふわっと立ち昇って、恐怖が和らいだ。

服装やメイクのせいか、ショッピングモールで知らない男たちからナンパやら援助交際目的で声をかけられることは多かったが、そんな時は、必ず隣に女友達がいた。相手がキレる寸前まで、ふざけ倒して煙に巻くのは、むしろ面白かった。しかし、一対一で、ねばついた視線と汚い猥語《わいご》で付きまとってくる相手を前にすると、呼吸も動作もうまくできなくなった。その頃はもう商店街のほとんどの店が、早い時間にシャッターを閉めるようになっていて、キネヅカは定休日。灯りが点いていたのはこのドゥリヤンだけだった。

――おうちの方に連絡して。ちょっと様子を見てくるから、しばらくお店にいてちょうだい。電話、使っていいですよ。

マダムは私が止めるのを待たずに、さっさと店から外に出て、店の入り口に外から鍵をかけ、闇の中に消えていった。私は学校で禁止されていたＰＨＳで母に連絡をし、迎えに来てもらうことにした。

マダムがなかなか帰ってこないので、私は店内を眺めて回った。真っ先に目に飛び込んできたのが、スワロフスキーがびっしり埋め込まれたキラキラの杖。その頃は元気だった祖母が喜ぶかな、と思って値札を見ると、二万四千円でドン引きした。同様の素材でできたプードルのキーホルダーは六千九百円。嘘だろ、と私はつぶやいた。ラッパを吹いているカエルの置物と目があった。なんと三万五千円。そればかりではなく、カエルのオーケストラ集団は、手に持っている楽器によって、若干値段が異なっているのである。ラッパは安い方だった。

こんなもの、誰が買うんだ？　十七歳の私はあきれた。

同時に不思議なくらい気持ちが落ち着いてきた。この店の雰囲気は、私がついさっき、対峙していた男の言動とは正反対に位置するものだった。

今でもそうなのだが、センスが鋭いわけでも流行りなわけでもない、意味不明に高級な商品を眺めていると、気持ちがなめらかになる。私が勤めていたフランス発の革製品メーカーは、世間的にはハイブランドの代表選手ということになっていたが、時々デザイナーの気まぐれで、モードと言い切るにはだいぶ苦しいデザインのハンドバッグやチャームが売り出されることがあった。売り場での評判はすこぶる悪かったが、私はそうした「なんだこりゃ」が割と好きだった。ザリガニの形のキーホルダーやキャビアの缶を模したポシェット。すべてのマダムショップの商品がそうであるように、トンチンカンではあるが下品なわけではない。人を傷つけたり、不快にしようという要素はどこにもなく、売れようとさえしてない。眺めているだけで、呼吸が深くできるような気がするのだ。

「いらっしゃいませ。ゆっくりご覧になってね」

あの時と同じ声でマダムは言った。くつろいだ微笑みからは、私のことを覚えているのか覚えていないのかは判断できない。自ら名乗るのも気後れして、「……すみません。ちょっと見させてください」と、怖気付いたようにボソボソ言う琴美に続いて、私も商品を眺めることにした。驚いたことに、杖もキーホルダーもカエルも、あの時と同じ値段のまま、売れていなかった。

ブランドが全く特定できないのはどうしたことか。これでも一応、アパレル業界の第一線で二十年近く働いてきたんだけどなあ。

低価格帯の姉妹ブランドのアルバイトを根性で続けて、契約社員として本ブランドへ、銀座の副店長を任されたのが今から二年前の二〇二〇年二月――。新型コロナウイルス感染拡大を受けての長期休業。くわえてメインターゲットだった中国からの富裕層の観光客がゼロになり、なんとかして売り上げを回復しようと仲間たちと模索している最中、千葉の配送センターへの異動を告げられた。六年付き合っていた同僚と別れたのもきっかけとなり、私はこっちに戻ることを決めたのだ。

やるだけのことはやったので未練はないが、フランスの本社に一度も出張できなかったことだけは今なお悔しい。工場だけではなくパリコレも見学できると聞いて、密かにNHKラジオで勉強を続けていたのに。しかし、これだけは断言できる。パリに買い付けにいってきたというふれこみのドゥリヤンの商品、これ絶対にパリでなくても買えるやつだろ——。

エッフェル塔の置物やキーホルダーが集まったコーナーを眺めていたら、またもや記憶が蘇る。あの日、母を待ちながら、こんな予感がしたことを。きっと、おばさんになったら、私もこういう雑貨を可愛いと思うんだろう。欲しいと思うようになる。高いとも思わなくなるのかも。そして、おばさんになったら、不愉快な目にも遭わなくなるんだろう、と。

しかし、あの時、血相を変えてチャリを飛ばして来た母より、今の私の方が年上であるのだが、二十三年前と変わらず、やっぱり少しも欲しいとは思わなかった。そして、高い、と感じた。さらに言うと残念ながら、おばさんになっても嫌な目に遭うのである。売り場での客からのセクハラは若い頃よりは確かに減ったが、後輩が絡まれているのを見て素早く助けに行くと「ちょっと！　あなたを誘ってませんよ？　勘違いしないでくださいよ」と嘲笑されるのは、なれっこだった。夜道や電車で酔っ払いに遭遇すると緊張するのも、昔とそう変わらない。

五十歳になったらどうだろう？　六十代は？

いやいや、母もパート先でクレーマーじじいにウザい絡まれ方をするし、緑さんは産婦人科というだけで、医院に下品ないたずら電話がかかってきたことが何度もあるという。ちなみに、二人とも普段はGUを着ている。ショッピングモールに新しいショップが入る度に興奮するのは、若者ばかりではない。最近はNetflixの韓国ドラマで盛り上がっているし、私とそんなに感覚が変わらない。

もしかしたら、この感じの商品、世界中の誰も欲しくないんじゃないか？

その時、琴美が叫んだ。

「すみません、このカエル買います。ハープ持ってるやつ」

マダムがかすかに息を吸い込む音が聞こえたのは気のせいか。顔を上げると、ウインドウ越しに、向かいのキネヅカの店長がじっとこちらを見ている。

「あら、でも一人だと寂しいかしら。ご覧なさい。このカエルちゃん、わかる？　みんなで演奏をしていて、とても仲良しで絆が強いの」

マダムは茶目っけたっぷりにそう言った。私は急に怖くなって、店内を見回す。スワロフスキーに埋もれたプードルのつぶらなビーズの瞳、カエルたちの黒々した目が一斉にこちらに向けられた気がした。

「もし、お買い上げくださるなら、全員一緒にしていただきたいなあ、なんて、ウフフ」

私もこんな接客をしたことがある気がする。後輩のミスで取り置きのトランクが陳列されてしまった時、購入したそうなお客様を別の商品にさりげなく誘導した。うっすら抱いていた予感がだんだん形に変わっていく。この人、もしかして、売る気がないんじゃなくて、絶対に売りたくないのではないか――。

琴美は少しもひるむ様子を見せなかった。

「私、これからこの街を離れるんです。寂しいのは私も同じです。だから、通学中にいつも見ていたカエルを連れていきたいんです。この子を寂しくさせません。約束します」

三万六千五百五十円。レジ前の、バスタブに裸の中年男性が浸かっているデザインの骨董皿に、琴美は小銭まできっちり揃えて出した。包装は拒否し、むきだしのカエルを両手で力強くつかむ。

「やったよ、あっちゃん。見て、あのマダム、びっくりしてたね!!」

通りに出るなり、琴美は歓声をあげた。キネヅカの店長はガラス窓越しにまだ、こちらを見ている。向こうから自転車でやってきたおじいさんが、私たちを目にしてよろけた。制服姿の後輩たちまでもが振り返ってヒソヒソ話している。琴美は得意そうに、ハープをかきならすカエルをいっそう高々と掲げた。従者のように、私はその後ろをついていった。

振り向くと、マダムが店の前にわざわざ出て、こちらを見送っている。

曇り空の下なのに、カエルの肌も目もなんだか生きているように光っていた。


「ネットで見つけたミートローフがうまくできたから、冷めないうちに、緑に持っていって」

と、母に命じられ、私は温かなタッパーの入ったエコバッグを自転車の籠に放り込み、ペダルを踏みしめた。琴美とドゥリヤンに行ってから一週間が経っていた。一階が産婦人科になっている彼女の自宅は、我が家から二キロほど離れている。冷たく硬い風に春のにおいを感じ取ろうと躍起になって立ち漕ぎしている私の横を、例のボンネットが総スワロフスキーになっているベンツが、のろのろと並走している。そういえば、これなんの模様なんだろう？　と、目を凝らそうとしたが、すぐに追い越されてしまった。

院の入り口前に制服姿の琴美が突っ立っているのが見えたので「おーい、琴美！　なにしてんの!?」と呼んだら、ビクッと肩を強張らせた。自転車のサドルから降りずに地面に足をつけたまま、ペタペタと前に回ってみると、琴美と背格好はよく似ているけれど、流行りの薄い前髪を作っている見知らぬ女の子だった。考えてみれば、琴美が制服を着ているわけがない。女子高生パワーを最大限活用しようと、卒業後も制服姿でディズニーランドに出かけていた私と琴美とでは性分がまったく違う。その子は怯えた顔で、呼び止めるのを振り切って、立ち去った。

医院の裏の勝手口に自転車を停め、呼び鈴を鳴らすと、白衣のままの緑さんが口をモゴモゴさせながら現れた。午後の診察時間までしばしの休憩らしい。手にしているのは、ショッピングモールにできたばかりの専門店のクイニーアマンだ。こんな田舎でも、看護師さんと三人だけの小さな院はいつ来ても忙しそうで、緑さんは大抵立ったまま食事をしている。

高校時代、生理痛がひどかったり、中絶することになった同級生の付き添いで、この産婦人科を訪れたことなら二、三回ある。あの頃の待合室は巨大な石油ストーブが置かれていたが、その熱気は冷たいタイル貼りの床に吸い込まれ、いつもめちゃくちゃ寒かった。先代の院長の印象はというと、年配の女性だったことしか覚えていない。マダムもそうだが当時は、若くない女性は全員同じ顔に見えたのだ。

緑さんが医院と同時に住宅部分も先代から譲り受けることが決まってから、うちの父と弟も協力して大規模なリノベをしたおかげで、今では昭和な外観に反して玄関は暖かく、空気も潤っている。建て替えて十五年目の我が家より、ずっと住みやすそうだ。

「ごめんなさい、さっき、院の前にいた女の子、琴美と間違えて声掛けて、怖がらせちゃった。もしかして、入ろうとしていたのに辞めたのなら、悪い事したな」

緑さんは眉をひそめた。

「そう……。親にも相談できない問題を抱えたまま、ここに来る未成年の子も多いのよ。噂が広まりやすい街だからね。できるだけ精神的な負担を減らすよう、カウンセリングは徹底してるの」

私は不注意を詫び、ミートローフを渡し、二階に上がっていく。ほとんど荷物を運び出したせいでがらんとしている琴美の部屋で、例のカエルはよりいっそう存在感を増していた。ぬめぬめした緑色の肌やニタッと微笑んだ口元が大層気持ち悪い。

「ねえ、あっちゃん。なんだか、変なんだよ……」

カエルと向き合う正座の体勢のまま、琴美はそうつぶやいた。

「バグが起きたか?」

冗談めかしてみても、神妙な態度を崩さない。

「うちの院に無言電話がかかってきたの。あと、私、誰かにつけられている気がする」

まさか、と言おうとしたら、カエルの一見トロンとした目の奥が鋭く光っていることに気付いた。盗聴器とかカメラとか埋め込まれているんじゃないかと思って、ドキドキしながらひっくり返してみたが、重さに反して、中身は空洞である。

「あのさ、今から、ドゥリヤンに行ってみない？」

私が提案すると、琴美はすぐに頷いた。自転車の後ろに琴美を乗せ、私は商店街へと漕ぎ出した。「二人乗りなんてしちゃだめだよー」と冷たい強風を受けながら琴美は叫び、私の背中のくぼみに鼻を埋めた。店の前に到着すると、私と琴美は自転車の前と後ろで顔を見合わせた。

シャッターが下りていて、そこには『Paris に買い付けにいって参ります。お待たせして大変申し訳ありませんが、しばらくお休みします』と、張り紙がされていたのだ。


ショッピングモールに、女性ばかりを狙うぶつかり男が出現したのはそれから数日後のことだ。東京では頻繁に聞く話だけど、まさかこんな街にまで？　最初は物騒なニュースだな、くらいにしか思わなかったが、徒歩二十分の距離の集合住宅に住む、弟の妻の芽衣《めい》ちゃんが被害に遭った、とパート帰りの母から聞いて、私はこのあたりの治安が急激に悪化しているのを肌で感じたのである。芽衣ちゃんは、第二子を乗せたベビーカーを、ショッピングモール三階のＡＢＣマート前で知らないおっさんに強く蹴られたというのだ。

「あっちゃん、仕事、あそこはやめた方がいいね。なんかね、最近、お客さんの質も下がってきている風に感じるんだよね」

ショッピングモールがオープンした年には目玉だった、地元の鮮魚を使っているのがウリの回転寿司屋で働く母は、ため息混じりにこう続けた。

「まあ、寂しい男の人が増えているんだろうけどね。うちに文句つけに来るおじいさんも一人暮らしで、人間関係が原因で漁を引退してから、やることがないらしいし……」

迷惑行為さえもこんな風に思いやってもらえるんだから、そりゃ連中も図に乗るだろう。

「でも、ほかに仕事先もなー……」

来月、琴美がいなくなっていよいよ誰も相手にしてくれなくなったら、あそこのユニクロか無印で働こうかなと考えていたので、私は途方にくれた。とはいえ、ささいなことで気持ちが浮き沈みする段階はとうに過ぎている。あと少しで四月だというのに、一向に仕舞われる気配がないこたつに肩までもぐって、

「それじゃ、商店街のドゥリヤンで雇ってもらおうかなー、なーんて！」

と、ふざけていたら、母があきれ顔をした。

「なに言ってんの。ドゥリヤンってあのドゥリヤン？　私と緑が高校生の頃からあるんだよ、あの店。ずっとあの奥さんが一人でやってるんだから今更、誰かを雇わないよ」

「え、待って、ドゥリヤンていつからあんの？　あの人っていくつなの？　素性とか知っている人いる？　奥さんってことは既婚者？」

「さあねえ、ちゃんと考えたことなかったけど……。おばあちゃんなら、覚えていたかもしれないねえ」

母は仏壇に飾られた祖父母の写真をちらりと振り返った。

「あの人、すごくお金持ちだから、そもそも稼がなくてもいいんじゃなかったっけ。ほら、この辺によく走っている、キラキラしたやつを埋め込んでいるベンツあるじゃない？　あれに乗ってるの、ドゥリヤンの奥さんだったはずだよ」

そういえば、あの車を最後に見たのはいつだっただろう。

やっぱり、誰かにつけられている気がする、というＬＩＮＥが琴美から来たのはそのすぐ後だ。明らかに何かが起きている予感から、私たちはキネヅカで落ち合うことになった。

自転車で乗り付けると、窓からは、いつものように四人席に座って私を待つ琴美の姿が見えた。ところが、店に足を一歩踏み入れるなり、怒声が飛んできた。

「前の代はこんな雑な盛り付けじゃなかったぞ！」

と、カウンターに座った男が店長に向かって唾を飛ばして喚《わめ》いている。彼の前には手付かずのプリン・ア・ラ・モードがあった。よく見たら、母の勧める回転寿司屋の常連、いつも長靴にフィッシングベスト姿の、クレームで有名なじじいだった。シャリの量を少なくしろ、多くしろ、俺は元漁師で、引退後も趣味でイカ釣りをしているからネタにはうるさいんだ、とめちゃくちゃ細かいオーダーをするので、付け場はいつも大混乱。それも文句を言いだすのは、店内が女性パートだけの時を狙う、という悪質さだ。

「申し訳ありませんでした」

私が琴美の向かいに座っても、じじいの説教は止まらない。店長は肩を縮こまらせていて、ずっと頭を下げ続け、琴美は何か言いたげな表情で、私を見ている。

「いい加減にしてください」

ついつい、考えるより先に割って入ってしまった。彼は顔をしかめて振り返った。焼酎のにおいが吹き付けてくる。無精髭の目立つ、乾燥で赤くなった肌だ。

「ほかの客の迷惑になってんの！　うるさい！　これ以上騒ぐと通報しますよ！」

こっちが怒鳴り返すと思っていなかったのか、じじいがギョッとしているのをいいことに、私は強く出ることにした。

「あなた、ショッピングモールの回転寿司屋にもよく来てるよね？　おじさん、自分で思ってるより、この辺じゃ有名で顔も知られているからね？　もしかして、モールで起きてるぶつかり事故、あなたがやったんじゃないの？」

しどろもどろになって支払いを済ませ、商店街を逃げていくじじいの背中を見送りながら、やりすぎたかな、母に迷惑がかかったらどうしよう、と一瞬思った。琴美は賞賛するように、眼鏡の奥の長い睫毛をしばたたかせている。

「どうもありがとうございます。ああいう客に絡まれることが、ここ数日、増えているんです。親の代から味が落ちたのは事実ですから……」

店長は肩を落とし、私たちの隣のテーブルに腰を下ろした。初めて、その生の声を聞いた気がして、私はそのふっくらした白い顔を覗き込んだ。間近で見ると、先代夫妻の面影が感じられた。

「にしても、なんで急に……」

「ドゥリヤンが休みだからだと思います」

店長はそう言って、窓から向かいのシャッターを見つめた。琴美がこくん、と喉を鳴らした。

「買い付けに行かれることは多いけど、こんなに長く休むのは久しぶりかもしれない。この辺り、もうほとんどの店が閉まっているでしょう？　お向かいがいつも開いていることは、うちにとって大きな担保だったんです。あのマダム、必ず通りをじっと見ているから……」

そうだった。ドゥリヤンのマダムの目はいつも店内の商品には向けられていない。必ず道行く私たちの方を見ているのだ。暇だから他にやることもないんだろうな、と思っていたが、本当にそうなのだろうか。

帰り道、自転車をゆっくりと押す私の腕に、琴美はすがりついてきた。

「私があのカエルを買ったせいだよ。きっと、マダムがパリに新しいカエルを探しに行ったのに見つけられないんだよ。どうしよう……。マダムショップがこの街の秩序を保っていたんだよ。早くカエルをお店に返品しないと」

笑い飛ばそうかと思ったが、しんと静まり返った夕暮れに車輪の回転する音だけがやけに大きく響き、こんなことくらいしか言えなかった。

「そんなわけないよ。あの人にそんな力はないよ。若く見えるけど、母の証言が正しいとするならば、たぶん、すごいお年寄りだし……」

しかし、私はあの日のことを急に思い出し、ただでさえ海風にさらされている身体がよりいっそう冷たくなったのである。学校周辺に頻繁に出没していたあの男。私がドゥリヤンに飛び込んだ日から彼の姿を見た者はいないのだ。正確には、マダムが私を残して、店を飛び出し闇に消えたあの時から――。

それっきり、お互いあまりしゃべらず、自転車に乗るタイミングも失ったまま、琴美の家までたどり着いてしまった。辺りはもうすっかり暗くなっていて、医院から漏れる明かりが、入り口に佇むほっそりした人影をアスファルトに長く伸ばしていた。私より早く、琴美が前に飛び出した。

「もしかして、あなた？　あなたでしょ？　ここんとこ、私のことずっとつけてた？」

琴美は鋭く問いかけながら、早足で逃げようとする、その人物に追いついた。強く肩をつかまれたのは、数日前に私が琴美と間違えた制服姿の女の子だった。私が、あっという顔をすると、その子は今にも泣き出しそうな声でこう応えた。

「つけてたわけじゃないんです。先輩に話を聞いてもらいたくて、姿は何度も見かけたけど、声をかけるタイミングが見つからなくて……」

先輩という言葉に面食らって、私は琴美を見つめた。学校では陰キャで通っていて、部活も入っていなかったんじゃなかったっけ？　しかし、その子の琴美に対する態度には敬意のようなものが滲んでいたのである。

「覚えてないですか、私のこと？」

琴美はしばらく考えあぐねた挙句、首をゆっくり横に振った。後輩ちゃんは失望したように、一層声を小さくした。

「私、二年で図書委員です。よく先輩、図書室に来てたから。顔くらい知ってるかなって……」

「それは、ごめんね。話ってなあに？」

私には見せたこともない大人びた表情で、琴美は優しく促した。

「私、妊娠したかもしれないんです。一人で病院に入る勇気がなくて……。親にも友達にも話せなくて。だから、先輩に話を聞いてほしかったんです。先輩、ここの娘だし、それに……」

私よりずっと落ち着いている琴美の態度は立派である。十代から数えて、これまで何人もの女友達から同様の相談を受けたことがあるものの、自分の子どもでもおかしくない年齢が相手となると、私は動揺した。

「先輩、前に中絶のことを作文にして市に表彰されていて、朝礼で読み上げられていたじゃないですか。だから、相談に乗ってくれるかもって」

「なに、中絶の作文？」

ますます混乱していると、後輩ちゃんは勢い込んで、続けた。

「はい。私、先輩の作文で、初めて知りました。中絶に配偶者の同意が必要なのは、日本を入れて十一ヶ国だけなんだとか。日本で一般的な中絶の方法が、海外では危険とされているとか。日本ではまだ許可されない中絶薬が、欧米では薬局でも手軽に買えるとか……。先輩、日本は知られなきゃいけない情報がいつも隠されて、わかりにくいようにされているって。大事なことがいつもどうでもいいことにまぎれているって、言ってたじゃないですか。クラスの男子は朝礼で中絶の話なんてドン引きだよなー、あの先輩、真面目に見えてめっちゃ遊んでんじゃね？　とか笑っていたけど、私は感動しちゃって、ずっと記憶に残ってたんです」

中絶薬のことはネットで話題だから知っていたが、配偶者の同意の件は私も知らず、へえ、と十七歳の横で間抜けヅラでうなずくはめになった。大事なことがいつもどうでもいいことにまぎれている――。今はどうしたってドゥリヤンを思い出さないわけにはいかない。琴美がこう尋ねた。

「もしかして、相手の男の人と連絡とれなくなったの？」

後輩ちゃんはややあって泣きそうな顔でうなずいた。すると、琴美はいっそう頼もしい口調になった。

「必ずしも、同意書にお腹の父親のサインって必要ないんだよ。母体保護法第14条2項に『配偶者が知れないとき若しくはその意思を表示することができないとき又は妊娠後に配偶者がなくなったときには本人の同意だけで足りる』ってあるから。少なくとも、うちのお母さ……、うちの院ではそんなの求めていない」

後輩ちゃんは琴美の言葉があんまり頭に入っていないようだった。相手が本気じゃなかった。それだけで頭が真っ白になって、普通だったらできる判断ができなくなる。わかる。この街で、私もそんな友達を見てきたのだ。

「知らなくても仕方ないよ。男性の同意書を求める病院はいまだに多いんだよ。相手からの訴訟を避けるためにね。既婚者の場合は特に厳しい。夫がＤＶ加害者で会いたくない場合は、同意をとらなくてもいいっていう厚労省の方針が出たのだって、去年の三月だもん」

「え、去年？　なんなの、この国!?」

私はつい叫んだが、琴美は、あっちゃんってニュース見ない人？　と途端に幼い顔つきになり、キョトンとしている。やがて、琴美に肩を抱かれるようにして、後輩ちゃんは緑さんの医院に入っていった。

検査の結果をもちろん私は知るよしもない。しかし、琴美の家の台所でくつろいでいた私に「さっきはごめんなさい。今日はもう帰ります。先輩にもよろしくお伝えください」とわざわざ声をかけにきた後輩ちゃんは、診察前より、ずっと顔色が良くなっていた。

緑さんは仕事を終えたばかりだというのに、私の目の前で、コンロに載ったままの鍋に火を入れている。私はポットのお湯で二人分のほうじ茶を淹れながら、気になっていることを聞いた。

「中絶の時に相手の同意を求めなかったのは、先代からですか？」

「うん。そう。当時は女医なんて珍しくて、女の駆け込み寺みたいなところだった。でもね、何故かこの医院では、必ず相手の男達は、中絶が可能な期間のうちにやってきて中絶同意書にサインし、費用を全額払ったって先代は言ってたの。産みたくないのに産まざるをえなかった女性は、先代が知る限りいなかった」

緑さんはゆっくりと答えた。

「え、なんで？」

「なんでかわからない。この街では必ずそうだったの。先代も不思議がっていた」

と、緑さんは真面目な顔だった。私は突然、思い出した。高校二年の頃、女友達の一人が、ショッピングモールでナンパしてきた自称大学生の年上の彼氏に避妊してもらえず、妊娠した。連絡がとれなくなった、と泣いているその子を慰め、私たちがネットワークを駆使して居所を突き止めようと息巻いていたら、突然、彼の方から電話がきて謝罪され、中絶費用が振り込まれた。あの時は、よかったねー、イエーイ！　と抱き合って喜び合っていただけだが、あの男に一体どのような心境の変化が起こったのか。そういえば、その女友達は、電話の彼はいつになくオドオドしておびえたような態度だったと言っていた。

「あっちゃん、ちょっと来て！　ドゥリヤンのホームページ見つけたんだけど」

二階から声がして、我に返る。私が階段を早足で昇っていくと、琴美が部屋でノートパソコンに向き合っていた。すぐ傍では、相変わらずカエルが気色悪い笑みを浮かべている。

琴美が示したのは、赤青白に色分けされた明朝斜体の「De rien」も紹介文も、真ん中にギュッと寄せられたデザインの、今どきお目にかかれない「ホームページ」だった。パリの写真がたくさん載せられているがいずれもフリー素材、アイコンはどこを押しても「工事中」。結局、何も言っていないのと同じである。上品な文体の身辺雑記を期待したのだが、マダムの名前や素性の記載はなかった。

それでも、私たちは蚤の市から宝物を探すような根気で目を凝らしているうちに、あることに気付いた。

「ちょっと待って、ここに小さく小さく『本店』であるよね？　つまり、他にも店があるってことじゃない？」

琴美が、あ、とつぶやいた。検索を重ねながら、つくづく実感した。この国では、大事なことは常にわかりにくい場所に置かれているのである。

ショッピングモール行きのバスも出ている、駅のロータリーに直結したそのホテルは、ちょっといいビジネスホテルといった様相だが、この辺りでは一番格が高い宿だ。私が高校の頃は、このホテルで先輩のだれそれが中年男相手に援助交際していたとか、噂が立てられたこともあったっけ――。

そういえば、年下の元彼を一度だけ実家に連れてきた時、彼はこのホテルに泊まったのだった。弟とも打ち解けていたし、父とお酒を酌み交わす様子もまったく嫌そうには見えなかったのに、何故か我が家に宿泊することだけは、やんわり拒否していた。

――今にして思えば、あの時、別れが近いって気付くべきだったのかもなあ。

黄昏《たそが》れている私の背中を、琴美は風呂敷で包まれたカエルの置物で軽く押し、つんのめった格好でホテルの自動ドアを抜けた。駅からタコの足のように伸びているペデストリアンデッキの影のせいか、ここのエントランスまでもが薄暗く感じられる。従業員が一人いるだけのフロントにも小さなコーヒーラウンジにも、客の姿はない。ぶ厚い絨毯が敷き詰められたずっと奥に、ドゥリヤン二号店は確かに存在していた。父の車で、ここに彼氏を迎えに来た朝のやりとりを思い出す。あの時、視界に入ったのに記憶に残らなかったのも納得な、ひっそりした佇まいである。本店に比べ規模はふたまわりほど小さいが、品揃えはほぼ同じで、入り口上にはちゃんと看板も出ていた。

「でも、ホテルだったらさ、旅先で気持ちも浮き立って、宿泊客がうっかり、こういうのを買うということもあるかもしれないよね」

琴美はひそひそ声で言った。今、私は何かとても重大なことに気付いた気がした。間違いない。この店の存在は明らかに、どこにでもあるようなホテルの格上げに貢献しているのだ。もし、マダムショップに社会的意義があるとしたら「若くない女性がこういう雑貨を面白がって買い求める土壌と豊かさと安全性がこの場所にはありますよ」という証明ではないか。それに、女に潜在的な憎しみを抱く者たちをたじろがせる力があるとしたら？　どうでもいい雑貨を眺めるうちに心が落ち着いてきた感覚が蘇った。そうだった。高校卒業の年、ヤクザの元締めが逮捕されたせいで、県下の学校の生徒を買春した中年男たちが大量検挙されたのは、このホテルではなかったか――。

店に入ると、レジの向こうから、年配の女性が微笑んだ。

「まあ、いらっしゃい。ごゆっくりご覧くださいね」

女性店長は背格好といい、ふんわりしたショートパーマといい、違いといえば白髪だけで、あっちのマダムとほとんど見分けがつかない。もしかして、姉妹なのだろうか。この店にもカエルのオーケストラ団は勢揃いしていて、ハープを持つカエルも当然そこに鎮座していた。琴美がすらすらと話し出した。

「すみません。私たち、本店でこのカエルちゃんを買った者なんです。商品について、どうしても伺いたいことがあって。でも、急にお店が閉まってしまって困っています。あそこの店長と連絡をとる方法はありませんか」

「あら。そうなの。それは困りましたねえ。あの方、今、パリに買い付けに行っている気が……。ところであなた方、お時間はある？　よかったら、バラのお紅茶はいかが？　それもパリで買ってきたものなの。ゆっくりお話ししましょう。ちょっと待っていてね」

そう言ってにっこりしたが目の奥は笑っていない気がした。アンティークのものらしい小さなベンチを私たちに勧めると、お湯をとりにか、薔薇模様のティーポットを手に店を出て行った。なんとなく、そのお茶とやらを飲まない方がいい気がした。琴美も同じことを感じたようで、こちらに目配せしてくる。琴美は風呂敷の結び目を解いて中身を取り出すと、カエルの群れに素早く紛れこませた。これでオーケストラ団のハープ担当は二匹になってしまったが、この雑貨の良さが私にわからないせいか、割と気にならない。

私たちは店を飛び出し、一目散にホテルを後にした。自動ドアのはるか向こうで声がしたが、当然無視した。ロータリーに出ると、来たバスに飛び乗り、漁港が見えてきたところで、私が降車ボタンを叩き押した。タラップを降りながら冷たい海風を頬に受け、ようやく胸をなでおろす。

その時、キラキラした何かが左の頬をかすめ、全身の血がどっと引いた。ボンネットが総スワロフスキーのベンツが私たちの歩く速度に合わせて、バスの後ろからゆっくり現れたのである。石が光を集めるせいで運転席が影に沈み、そこに座っている人がよく見えない。もし、この車の中に引きずりこまれたら、二度ともとの日常に戻れなくなる気がした。

マダムたちにとってもっとも大事なのは街の秘密が守られることだ。女性の味方だから、まさか口封じに殺されることはないと思うが――、めっちゃ強いのは確実である。もしかしたら、仲間に引き入れられ、エッフェル塔やカエルの置物やらの輸入を請け負わされるハメになるかもしれない。私はいいが、それでは将来のある琴美が可哀想だ。ただ、今なら全部勘違いでしたでしらんぷりを決め込むことが出来る。

「琴美、逃げろ！」

私は琴美の手首を夢中で引っ張って、低い堤防沿いを走った。振り返らずとも、まるでこちらをあざ笑うかのように、ベンツが減速しながら付いてくるのがわかった。数年ぶりの全力疾走に、喉の奥に血の味がこみ上げる。運動は苦手と言いながら、琴美はさすがに若く、すぐに私の前方に回った。せめて、この子は逃さねば――。琴美を促して堤防に押し上げ、手を貸してもらいながら、無様な格好でよじ昇る。真下に波がぶつかって、頬と毛先を濡らした。岸壁沿いにずらりと並ぶレジャー用の小型船舶から、見慣れた横顔を発見したのは、その時だ。足元にかがみこんで繋船柱にロープをひっかけていたクレーマーじじいは我々を見るなり、おびえた顔をした。

「なんだよお！　悪かったよ！　警察は堪忍してくれよ」

「おじさん、船に乗せて！　必ず、返すから。今までのこと見逃してあげるから！」

私より先に琴美はそう叫ぶと、防波堤の上を走って岸壁に飛び降り、彼のものらしきボートに駆け寄った。私も大慌てで後に続いて、あっけにとられているクレーマーじじいの腕を強くつかみ、船内に引きずり込んだ。乗船するなり琴美は操縦席に陣取り、舵輪《だりん》を両手で握った。

「操縦なんてできるの？」

私はもう、この人に頼るのが逃げきる道だと、琴美の隣にぴたりと寄り添っている。プロペラ音がしてボートは小刻みに上下しながら、たちまち岸壁を離れていく。じじいが後ろでまだ何かわめいているが「うちら、追われてるの！」と怒鳴ったら、ぴたりと口を閉じ、興味津々といった顔つきになった。この人、寂しいというより、ただ単に退屈しているんじゃないだろうか。だとしたら、母もキネヅカの店長も、いい迷惑である。

「私、二級小型船舶の操縦免許なら高校一年の時にとっているの！　うちの学校、昔から課外授業で免許取得の講習があるじゃん!?　タダで取れるなら、なんでも取ろうと思って！」

吹き付ける海風と走行音に負けまいと、琴美が声を張り上げる。長い髪があおられ、こっちの頰をバシッと痛いくらい強く打った。琴美はカエルを包んでいた風呂敷をポケットから取り出すと、バンダナ代わりにか頭に巻いた。

琴美、すごいじゃないか――。なんにもない高校生活といっていたけど、チャンスは全部生かして学んで、知らないうちに周囲に影響まで与えているじゃないか。振り向くと、波のはるか向こうにベンツが見えた。

この距離まで離れてみて、初めてベンツのスワロフスキーが何を描いているのかがわかった。赤、白、青。トリコロールである。

「ああ、怖かったね！」

琴美は鼻の頭を赤くして、何度もそう言った。目の前の海はもう闇に溶けている。おじさんに頼んで、ショッピングモール真下にある桟橋にボートを停めてもらい、何度も後ろを振り返りながら早足で移動した。海にせり出した崖に佇む「アンシャンテ」は、存在は知っているが今まで一度も入ったことがない、外側から中が全く見えない、民家を改造したとおぼしき喫茶店だった。

窓から見えるすぐそばのショッピングモールの明かりが、灯台のようだ。

数時間ぶりにスマホを見ると、芽衣ちゃんと母のＬＩＮＥグループに未読メッセージが大量にたまっている。ショッピングモールのぶつかり男が、捕まったらしい。警備員に追いかけられている途中で、何故か回転寿司屋の入り口に置いてある社長の等身大パネルにぶつかり転倒。自白はまだだが、とりあえずは器物破損の容疑で現行犯逮捕できたとのことだった。隣町に住む無職の若い男だという。ということは、マダムはやはり帰って来ているのだろうか。明日あたり、ドゥリヤンに行ってみようか。何事もなかったように開店しているのだろうか。

「よかった――」

と、琴美と私は同時に胸をなでおろした。白髪染めしたらしき明るい茶髪をネットでまとめた、七十代くらいの女主人が、ココアを二つ運んできた。カウンターには小さなテレビがあって、コンビニのフード類を有名シェフが厳しくジャッジする番組が流れている。女主人がそれに夢中になっているのをいいことに、

「まずいね、これ」

ココアに口をつけた私が顔をしかめると、琴美は嬉しそうに頷いた。塩の入れすぎか、やけにあまじょっぱい。

「うん、こっちもまずい。ココアなんてまずく作るのが、むしろ難しいよね？」

と、彼女は感心したように言った。

「この店も、なんで存続できるんだろうね？」

「おいおい、もうそのネタは物騒だから、やめてくれ」

店内は個人の家の居間そのものといった様相で、博多人形とか置き時計とか横に積まれた雑誌でいっぱいで、隣のテーブルには蜜柑の皮を並べたザルまで置いてあった。メニューを見ると、ご飯やお味噌汁、煮付け、焼きそばまである。もしかしたら、昼時は結構混むのかもしれない。埃をかぶったカラオケから判断するに、元はスナックだったのだろうか。

「でも、きっとこの店も、存在する意味はあるんだよね」

琴美が湯気の立つものを飲むのを見るのは、そう言えば、初めてだ。あと少しでこの顔にも会えなくなる。同世代に遠巻きにされていると言うけれど、環境も変わるし、すぐにその魅力に気付く子たちが現れるだろう。

「きっとさ、女の人がその土地でお店をやるってだけで、それが続いているだけで、もうそれだけで、何かが守られているんだよね」

琴美の言葉が聞こえたのか、アンシャンテの女主人がこちらをちらっと見た気がする。美味しくもないし、綺麗でもないけれど、現に私たちは今、この空間で安心しているのだ。

お店をもたなくても、街を「監視」することは今からだって、一人でだって、出来るのかもしれない。

窓の外に広がる真っ暗な海が、この瞬間だけは、なんだかぽかぽかと温かそうに感じられた。目に映るものすべてになんの疑問ももたず青春を謳歌していた私を琴美は羨むが、私にはこの子の方がずっとたくましく見える。でも、私はチャラチャラ過ごしていた者にしか出せない、図々しさで打って出ることにした。空になったマグカップを両手にカウンターに向かい、ダメ元で笑顔をつくってみせた。

「すみません、ここ、アルバイトって募集していたりします?」

女主人が口を開くより早く、カウンターの隅にバイオリンを弾いている例のカエルの置物があるのに気付き、私は悲鳴を飲み込んだ。

スター誕生

スターにとってもっとも大切なのは、言葉だ。

なにげない瞬間に、咄嗟に口から出たフレーズいかんで成功が決まると、真木《まき》信介《しんすけ》は思っている。一度聞いたら忘れられないリズム感、耳にするなり、実際に自分の舌の上にも乗せたくなる豊かな滋味、なによりそこにこれまでその人が歩いてきた道のりと個性が凝縮されているかどうか。

勝新太郎をスターたらしめているのは座頭市の興行成績だけではない。コカイン所持で逮捕された時に「パンツははかないようにするよ」と言い放ったためだ。彼のダメさも鷹揚さも嫌味のなさも、短いセンテンスの中にすべてつまっているのは奇跡としかいいようがない。実際に口にしてみると、思いがけずまろやかな甘ささえ伴っていることに信介は驚く。

容姿や能力というものは、今の時代、あとからどうにでもなる。そしてそれらが優れていても必ずしもスターになれるわけではない。内側から湧き出る言葉に欠けるから、自分は九〇年代初頭にデビューした美少年アイドルグループで一番目立たないポジションに留まった。グループ解散後は主にテレビドラマのエリートのフラれ役を得意とするが、役者としてはブレイクせず、四十代半ばにしてワイドショーのキャスターになんとか収まったものの、こうして、打ち切りがささやかれるようになったのだと思う。
赤坂のテレビ局から笹塚の自宅に向かうタクシーの後部座席で、信介は仕事用タブレットを取り出し、もう何十回となく再生した「MCワンオペ」の動画を眺めていた。申し訳程度に目元をぼかしてあるだけの、信介と同世代の四十代くらいの面長な女が、有名なチェーンのファミレスで、カメラに向かってヒステリックな鼻声でまくしたてている。

「だから、いってるじゃないですか。このあと待ってるんですよ。帰宅して、この子と風呂入って、プラレールのスーパーレースに付き合いながら髪乾かして歯磨きの、大車輪が。一緒に見るのは鬼太郎、片手で職場にシフト送信完了、九時までに寝かしつけて、ラテ飲んだら最終決戦。掃除して風呂あらって皿あらって、アイロンかけて、八《ハチ》：四五《ヨンゴ》には保育園。どう、この効率性。どこにあなたの動画チェックして、ここ削除してくださいってお願いする暇があるんですか？　ファミレスで隣に座っただけ。再生数に協力しなきゃなんない？　は、どんな罰ゲーム？　こっちはあなたの救世主じゃないんですよ。あ、緑茶ハイ下げないで。すみません、ぼく！　ぬりかべ落とさないで。飲食店で実況プレイでカメラ回してるくせに、周りに右往左往しろ？　ねえ？　どんなクソ野郎？　ちょっと、そこの店長、なんで注意しないんですか？　え、これ案件？　店ぐるみでお膳立て？　ほら、見てるからカメラ確認させて。うちの子が映ってないか、動画の主人公を、ほら！　ちゃちゃっと今消せば済む話なんだから！　こっからのナイトルーティンはガチ勝負にいかなきゃ始まんないんだから！　ていうか、あー！　映さないで！　ぼく、靴、投げないで！」

——この人めっちゃ、韻踏んでない？

——ほんとだ、ファミレスと再生数で韻踏んでる。右往左往とクソ野郎も。

——店内で流れているテクノアレンジしたＪ‐ＰＯＰともリズムが呼応してるよね。

——投稿主と戦いながら、子どもから一回も目を離していないの、かっこよすぎる。

——ていうか、なんでここの店長、しげるっておっさんの味方なの？　もしかして、しげるのこれまでのファミレス動画って本当に案件だったりする？


先月末から拡散され続けている動画は、加工されたり、音源が添えられているものばかりで、信介が今眺めている初出は、もうそこまでの再生数ではない。よどみなく繰り出される女の言葉は、サンプリングはもちろんのこと、有名な洋楽とのマッシュアップなど、どんな音とも不思議なくらい違和感なくマッチし、ネット民の格好の素材となっていた。今や次々に凝った新作が生み出され、盛大な祭り状態となっている。現在、女は親しみを込めて「ＭＣワンオペ」と呼ばれている。

発端はよくある小さな炎上事件だった。チェーン店での一人飲み動画がそこそこの人気を誇る、六十代の男性 YouTuber「独居老人しげる」が、ファミレスでいつものようにテーブルの片隅に三脚カメラを載せて動画を撮影していたところ、反対の壁側の席に座っていた子連れの女に大声で文句をつけられた、と悲しげに自身のちゃんねるで報告した。

自分にももちろん悪いところはあるのかもしれないが、なにしろ突然のことでびっくりしてしまい、今なお何が起きたかよくわからない。顔見知りの店長さんはこちらの味方になってくれたけれど、今後もちゃんねるを続けていく上で反省すべき点があればあらためたい。孤独な生活の中で動画配信は大切な楽しみだし、たくさんのファンのためにも、こんなことで終わりにはしたくない。だから、どうかこれを見て皆さんに判断してほしい、もちろん、この方の身元がわからないように画像や音声は一部加工してある、という言い訳とともに短い動画を投稿したのである。

おずおずした風を装っても、しげるが内心この子連れの女にはらわたが煮えくり返っていて、ネット上でさらしものにして自分のファンに叩かせたいのは、明白だった。

動画の最初、反対の席から立ち上がり、こちらにやってくるMCワンオペは低姿勢で物腰柔らかである。よれよれのカットソーに色あせたデニム、洗いっぱなしの髪を太いヘアバンドで後ろに流しているが、こちらを覗き込む上半身の角度や、膝に添えたぴんと伸びる指先は、どことなく客室乗務員を思わせる、若くない分、感じがいい母親だ。この後の顔をゆがめて激怒する様との落差が、あまりにも激しいことが、彼女があっという間に有名になってしまった理由でもある。

——申し訳ありません。もしかして、今、そちら、YouTube用の動画を撮影してます？　あの、カメラがこっち側を向いているんですけど。大変お手数なんですが、この子が映っているかもしれないので、動画を上げる時は私たちにモザイクをいれていただけますか。どうか、お願いします。

女の座っていた席の向かいには五歳くらいの子どもが座っているが、大人もののトレーナーを頭からかぶり、袖の部分をリボンのようにきんちゃく結びされているので容姿どころか性別もよくわからない。裾からまっすぐな足を覗かせ、ぶらぶら揺らしている。カメラが自分たちの席を向いているとわかった瞬間、母親は自分が着ていたキリン柄のトレーナーを脱いで、子の頭にかぶせたようだ。それを嫌がる様子がないのは、トレーナーの中で、その子がどうやら動画を眺めているためらしい。スウェット生地の一部が時折、明るく光っている。テーブルの上には、飲みかけの緑茶ハイと、子どものものらしき「ゲゲゲの鬼太郎」の「ぬりかべ」のぬいぐるみ、食べかけのフライドポテトの入ったバスケットが無造作に置かれている。

この直後、しげるの名刺が、きびすを返そうとする女の腹のあたりに差し出された。その音声はあまりよく聞き取れないが、MCワンオペのファンが字幕をつけた動画によるとこうである。

——これ、僕のちゃんねるなんだ。これでもね、登録者数が一万人いるんだよ。心配だったら、今日の深夜か、そうだなあ、遅くて明後日には動画アップするから、君の方でまめにチェックしてみてよ。もし、動画を見て、困るなあ、と思うところがあったら、そこは、削除するから、メールでその部分を教えてね。これであなたも安心でしょ？

と、照れ笑いまじりの声が途切れた瞬間、女の表情が一変する。

——え、なにそれ。

先ほどとはうって変わった低い声だった。

——なんで、たまたま飲食店であなたの近くに座っただけで、そんなこと、私がしなくちゃならないんですか。

――はあ？

しげるは最初あっけにとられている様子だった。女は子どもをちらちら振り返りながら、早口でこう言い放った。

――帰宅してから、私、やること山ほどあるのに、あなたが動画をアップするのを今か今かとじりじり待って、チェックまでしてお願いしなきゃいけないんですか？　それ、なんかもう仕事じゃないですか？　それに、それだとこっちの連絡先があなたにばれますよね。絶対嫌です。今この場でなんとかしてください。カメラ確認させて。

女の口調が険しくなっていくのと同時に、しげるの声もまた怒りで震え始めた。

――別にそこまで騒ぐことじゃないでしょうよ。こっちがあなたにとって、不都合なところを削除するって譲歩しているんじゃないですか。一分やそこらの手間まで惜しむのってどうなの？

――何言ってるんですか？　私、忙しいのに、なんでお金ももらってないのに、見ず知らずのあなたの面倒みなきゃいけないんですか？

――その感覚、貧しくないかな。人間みんな助け合って生きてるんじゃないの？　だいたい、あんたの連絡先を知ったところで、僕がどうこうするとか、それは自意識過剰なんじゃないか。粋じゃないっていうか、そういうピリピリした態度は――。

しばらく口論になった末、女は冒頭のようにとうとうとまくしたてる。周りの客はみんな面白そうに、二人を見比べている。四十代くらいの体格のいい眼鏡の男性店長が「ほかのお客様の迷惑になりますから、大声を出すのはおやめください」と止めに入ってきて、女の方にきつく自重を促す。子どもがどうやら泣き出したらしく、女がトレーナーからはみだした小さな手を素早く引っぱりあげて、母子が画面の隅に追いやられていくところで、動画は終わっていた。

きっとこの時「しげる」は、このご時世、批判は必ず子連れの方に向く、とタカをくくっていたのだろう。つい先月も有名なチェーン店が、子連れ客への離乳食の無料提供を発表したところ、「子連れを優遇するのか」「静かに過ごしたい一人客はどうなるんだ」という、あきらかにユーザーではない層からの批判が殺到し、大炎上したばかりだ。ところが、この動画がアップされてすぐ、しげるのファン層である五、六十代男性以外のところで、大きな話題になった。さる人気若手フィーメールラッパーが、

――これ無許可で上げた動画と思うからあんま取り上げない方がいいんだろうけど、このお母さん、たまたまにしては、綺麗に韻踏んでるの、ヤバくない？　この人といつか一緒に曲作りたいな。

と、引用ツイートしたためだ。実はその人もまた、渦中にあった。数日前、さるラップバトルで、五十代の有名男性ラッパー、ＨＡＴＵから、容姿や体形に関する中傷を受け、毅然とアンサーした様子がショート動画で拡散され、若者を中心に絶賛されていた。九〇年代はストリート出身の最高にクールなアーティストだったＨＡＴＵが酒で真っ赤にむくんで腹が出ているだけでも信介は驚いたのに、ステージ上で若い女からリリックでセクハラを指摘され、困ったようにニヤ

ニヤ笑って言葉に詰まっている姿は、自分が何かしでかした以上のショックだった。グループ在籍時代、メンバー全員の強い要望で、HATUに楽曲を提供してもらったことがある。残念ながら人気子ども番組のエンディングに使われてしまったせいで、信介たちが期待していたようなミュージックシーンでの注目はなされなかったが、その「SAMURAI TUNE」は今でも夏によくカバーされる名曲だ。

数時間のうちに、MCワンオペがまくしたてる動画は、音楽好き、ジェンダーや人権の話題好き、お笑い好き、洋画好き、単なる流行《はや》りもの好き、あらゆる層に広がっていき、大喜利状態に突入する。素人がMCワンオペの言い回しを真似る動画も次々にアップされた。当のしげるはといえば、MCワンオペを面白がっている連中が、自分たちも無許可で動画を拡散しているのにそれを棚上げして、彼を徹底的に叩いたせいで、それっきり新しい動画を上げていない。

玉川通りを車が走っている間は、真上の首都高の陰になっているせいか、それとも排気ガスのせいか、どんな時間帯でも、手元が暗い。こんな風に、初夏の夕方でまだ日が高く上っていても、真夜中の高速を飛ばしていたあの頃の景色が蘇って来る。多忙だった二〇〇〇年前後、一人になれるのは、送迎車の後部座席だけだった。今は第一子が生まれたばかりだから、みんな配慮してくれているのかもしれないが、それでも十八時以降の仕事はここ数年、信介には入っていなかった。最近、この薄暗い道を走るのが好きで、運転手にわざわざそう指定している。窓を細く開けると、あの夜の空気によく似た、排気ガスと緑が入り混じった青っぽい風が吹き込んでくる。

最初、信介はこの動画はやらせとばかり思っていた。ごく一部で指摘されているように、こんなにポンポン、リズミカルに言葉が出てくるのはどう考えても不自然。もしかすると、どこかの事務所にすでに所属している、これから売り出す予定の女芸人に「しげる」が協力する形で、シナリオ通りに演じたのではないか、とも予想した。ただ、これだけ話題になって一ヶ月経っても、MCワンオペの情報は、ネットに一切出て来ないのである。どんなに検索を重ねても「似た女を見かけたことがある」くらいの情報しか見つからず、名乗り出る人間もまったくいなかった。

そして、こうして何度も何度も動画を再生するうちに、信介にはわかるようになった。

ここで放たれているのは、この女の生活がつまった、本物の言葉だ。ひとつひとつのキーワードに実感と汗のにおいがある。とっさにカメラを向けられて、自分だけの言葉が放てるだけでも珍しいのに、それの語呂がよかったり、リズム感に優れているとなれば、なおさら稀有だ。しげるは図らずも奇跡をとらえ、それを配信してしまった。MCワンオペは近年まれに見る、偶然が重なって見つけ出された、市井《しせい》にうもれていたスターなのだ。

オーディションでも口コミでも絶対に発見されない種類の才能というものが、この世界には存在する。旅番組を長くやっていた信介は、そういう人物が近づいてくると、数メートルくらい手前から勘でわかる。彼らは大抵、カメラをまったく意識せず、大真面目に自分の生活をまっとうしている。そもそも信介が四十四歳にしてささやかな再ブレイクを果たし、昼帯のキャスターとなったのも、素人のとぼけた発言をうまくひろう姿勢が注目されたからだ。最初のきっかけを作り出したのは、名前も知らない東北地方の老婦人だ。

バス停でバスに乗り込むところだった、大量の根菜が入ったカゴを背負った老婦人の耳は遠く、「真木信介です」と名乗ったところ、彼女はとても怪訝そうにこう聞き返してきた。

――ええ？？　まあきい？　マチャアキ？？？

――チューボーじゃないですよ！

ちゅうぼう、に反応した、バスのタラップを登る地元の中学生たちがここでドッと笑い、カメラに向かって次々におどけたポーズをとる。この偶然が、ネットのショート動画として幅広く出回る、いい絵作りに作用した。

――チー坊？

――それは杉田かおる！　ま、き、です。

――その名前は口にしたら、ここカットになっちゃいますよ。

――マーシー？

――ガーシー？？

――わーっっ!!

老婦人に振り回されてやれやれ、と汗をかきつつも、それでも物腰優らかく対応する信介の様子は、グループ時代からのファンはもちろんのこと、信介のことを落ち目と見ていた視聴者までをも惹きつけた。田舎の風景を背景に年寄りや子どもに囲まれると、信介の長身で目鼻立ちのくっきりした容姿が際立った。俳優としては感情表現にとぼしく、アイドルとしては周りの個性を引き立たせる装置としての機能しか果たせなかったが、その一瞬に限り、気遣いができる上、おごりがない、とても美しい中年男性として、高く評価された。

しかし、たった一人でニュースを伝えるとなると、話は別だった。

日本でははっきりした主義主張をすると、必ず大勢の敵を作る。グループ時代の、政治的発言は絶対にするな、という事務所からの命令は今なお骨身に沁みている。信介とて、誰かに憎まれてまで通したい考えなどない。ただし、ここが難しいのだが、主義主張をまったくもっていないとなると、知性派の称号というものは得られない。あまりネットは見ないようにしているが、番組の数字が落ちている理由として、信介に意見らしい意見も、知識の積み重ねもないことが指摘されていた。

最近ではニュースや本、話題の映画などに積極的に触れるようにしているが、どうしても識者の意見を先に読んでしまうため、なんだかスタンプラリーのように、自分も同じように感じるかどうかの、ただの確認作業になってしまう。主婦に寄り添ったつもりで発した「みなさん、少し頑張りすぎなんじゃないですか。たまには手を抜くことも大事ですよ。頑張りすぎてイライラするよりも、市販のお惣菜でニコニコしている方が、周りも嬉しいですよね」という当たり障りない発言さえ、「育児にまったくタッチしていないことがわかる」「ナチュラルな女性蔑視」と叩かれた。

おまけに、頼みの綱の隣に座るもう若くはない女性アナウンサーは、カメラの回らないところで、明らかに信介を小馬鹿にしている。助け船をまったく出さない底意地の悪さを「無能な信介を引き立てるためにあえてサポートに徹し、慎ましく振る舞うことを上層部から強制されている」ように見せることに成功していた。淡々とニュース原稿を読んでいるだけにもかかわらず、アナウンサーの評価ばかりが上がり「あの人をメインに」の声は局でも高まる一方だった。

あんなエリート女が相棒では、上がり目はない。リスクを極力抑えながら、はっきりした言葉にせずともそこはかとないリベラル寄りの印象を植えつけ、主婦を味方につけるには、隣に誰を置くかで決まる。庶民的で、感情がストレートで、次の行動が読めなくて、時代性が存分で、何よりも手垢がついていない女がいい——。

タクシーが笹塚のタワーマンションにたどり着き、エレベーターに乗り込んでもなお、信介はタブレットから目を離せなかった。ドアを開けると、甘酸っぱい食欲をそそるにおいが漂ってきた。

「おかえりなさい。お疲れ様です。薫《かおる》ちゃん、まだお昼寝から起きてこなくて。ご飯できてますよ。今夜のメインは前回好評だった、高野豆腐の黒酢酢豚です」

妻の舞衣《まい》は産後なお、男性アイドルの追っかけをする若い女性の多くが好むような、身体の線が出るタイトな花柄のワンピースを愛用している。口調も敬語を崩さない。最初はいつまでも女らしさを失わない二十八歳の彼女が愛おしかったが、その理由を知ってからは、頼むから、スウエットでも着てくれ、と見る度に思う。

「これ、どうしたの？」

リビングのテーブルにおいてあるAmazonの段ボールから、見覚えのあるロゴが覗いていた。

「『ママ友はスナイパー』のDVDボックスです。予約注文していたのが届いたので、あとでチエックしようと思って」

十八年前、信介が脇役で出演したテレビドラマだった。今なお人気の当時三十代の女優二人が、同じ保育園に子どもを預ける、片や平凡な働く母親、片や毎日誰かを狙撃しているらしいママ友を演じて、視聴率こそ振るわなかったが、コアなファンのいるコメディだった。信介は同じ保育園に子を通わせる若い父親役を演じている。

「保存用のソフトだったら、うちにもあるのに」

ガラスのコップに入った水出し緑茶と、冷えたおしぼりが出てくる。続いて、舞衣は彩りのいいきのこのサラダと、自家製の鶏ハム、オートミールのチヂミを並べ始めた。信介の要望に従って、舞衣は結婚と同時に栄養士の資格を取り、高たんぱく低糖質の献立を徹底していた。

「これは特典映像付きなんですよねえ。もちろん、私の収入から出しますから」

手早く皿を並べながらも、舞衣の意識はもうここにはなく、ボックスにほとんど奪われているのがわかる。信介はできるだけ惨めに響かないように、穏やかに言った。

「でも、これは主演の二人の対談が入っているだけで、僕の新しい情報は追加されていないと思うんだけど」

「そうですか？　当時を振り返りながらの赤裸々対談とあったので、シンくんの未公開映像も、もしかしたら入ってないかなー、と思って」

本人は気づいていないだろうが、夫の話となると舞衣は奇妙な早口になる。

「あ、それ、ＭＣワンオペさんですね」

テーブルの隅に寄せられたタブレットの停止画面に目をやると、舞衣はうれしそうな声をあげた。

「まあ、最初はやらせかなと思ったんだけどね、なんだか人気みたいだね」

「やらせじゃないですよ。この感じわかりますよ。私も、薫ちゃんと一緒にいるとき頭の中にいつもこれくらい次の手順があるから、この後、どうするのって聞かれたら、これくらい言葉がスラスラ出てきますよ」

おや、と思った。舞衣は育児に対する愚痴や苦労を一切口にせず、産後もまったく体形が崩れないので、信介は、若いと体力でなんとかなるものなのかもしれない、とこの時まではタカをくくっていたが、舞衣なりに必死なのだろうか。

食後、寝室に薫の寝顔を見に行った。医師に驚かれたほど頭の大きな赤ん坊だ。肉の輪で厳重に守られているような体つきで、いつ見ても固く目をつぶって眠っている。何があっても動じないたくましさが、信介には羨ましい。この子のためにも、今は踏ん張り時で、信介は信介なりに自分の足場を固める時期だと思っている。

港区の飲み会で知り合った、十七歳年下の舞衣と結婚を発表した際、少なからず存在した、昔からのファンの大部分は大荒れに荒れて離れてしまったが、その時はあまり気にならなかった。こちらをまぶしげに見つめ、目があうとそらす舞衣が、可愛くて仕方がなかったのだ。恋愛経験も少なく、同世代の友達もほとんどいない信介にとっては癒しだった。仕事が減っていくことへの焦りもなかった。

初対面の時から、顔を真っ赤にして「昔からシンくんの大ファンで、ファンクラブには小学生の頃から入ってます。こんな日が来るなんて夢みたいです」と早口でつぶやくなり、モジモジしている彼女は、読者モデルのような外見にもかかわらず、すれていなかった。「僕のどこが好き?」と尋ねると「ルックスに反してまったく目立たないところですかね。でも、目立たない中でもやれることをやれる範囲で頑張っているところが好きです」と大真面目に答えるので、吹き出してしまった。

正直なところ、いつか化けの皮がはがれるのかも、と懸念していて、私立探偵を雇って身辺調査をしたことがある。が、都内で生まれ育ち、付属の女子校から大学に進み、医療事務職を経て、同僚に「あなたが大好きな、真木信介が来るらしいよ」と誘われた飲み会で偶然出会うまで、みごとに本人の話したままの生活だった。

育児を一人でこなすだけではなく、ファンを必要以上に逆撫でしないよう、舞衣はSNSも一切やらず、交友関係も学生時代から付き合いがあり、現在は同じ母親となった数名に絞り込んだ。仲間と始めたオンライン上の無添加のボディソープの通販サイトは、信介の名をまったく出さずとも、それなりに成功しているらしい。舞衣が生まれた女の子に「薫」と名付けたいと決めた時も、特に代案もなかったので、それに従った。

その控え目な態度に日々感心していたのだが、ある夜、真っ暗なリビングのモニター前にしゃがみこんでペンライトを細かく振っている姿を見て、悲鳴をあげそうになった。そこに映るのは、幕張でのグループ解散ライブの映像だった。三十七歳の自分が、「SAMURAI TUNE」を、当時それがかっこいいと信じていた細めた目で身振り手振りをつけて熱唱していた。ただいま、とつぶやいても、舞衣はまったく聞こえないようで、一度も振り向かず、反応もしなかった。時々、一人でクスクス笑っている。

あの夜から、信介の妻を見る目は決定的に変わってしまったのだと思う。

――あのさ、もっと楽な服着てもいいんだよ。育児が大変なんだし、誰が来るわけでもないんだから。

――ああ、私、参戦服以外だと、何着ていいかわからないんですよね。

と、舞衣はさらっと言った。敬語をやめろ、と言っても、しばらくぎこちなく話したあと、すぐにまた元に戻ってしまう。身だしなみも慎み深さも、ただ単に長年のファン活動で身についた鎧《よろい》のようなもので、異性を意識したものではないとわかると、性的な魅力が消えてしまった。舞衣の友達も両親も、信介と初対面の時、ユニコーンでも見るような顔をしていたこと。世間から気配を消すように暮らしていても特にストレスがあるわけでもなさそうなこと。こちらの世話を献身的に焼き、セックスレスにもワンオペ育児にも何の不満も言わないこと。目の前に信介がいるのに、過去の出演作品が復刻されると、こうして高額でも構わずコンプリートし続けること

――。娘の名の「薫」が、実は信介自身忘れていた、ドラマデビュー作での役名だと知った時は、数日間、こみあげる胃液に苦しんだ。

――いや、めちゃくちゃ幸せなことじゃないですか。のろけですよね。

妻の無自覚なスター性にいちはやく気づいたのは、事務所が変わってから並走している、ひと

まわり年下のマネージャー・新庄《しんじょう》である。新庄はかつて、信介の所属していたグループに憧れてバックダンサーを長く経験してきたせいもあって、信介の現状維持の姿勢をよしとしない、やみくもな勢いがある男だ。

——真木さん、奥さんだと思うんですよ、カギは。推しと結婚した本物のオタクって、今の時代、すごく受けると思うんですよ。どうですか、二人でバラエティ出ませんか？

舞衣は、その話を横で聞いて、シンくんがいいなら出るし、嫌なら出ない、と落ち着いて答えた。信介の番組の数字が悪いことも、来年からのスケジュールが埋まっていないことも、舞衣はまったく気にしていない。いざとなれば自分が今の事業を拡大するつもりで、シンくんは何も変わらなくていい、芸能界に所属していてくれるだけで私たちはありがたい、とどっしり構えている。

——なんか、それでいいの？　僕がよくても、僕と結婚したことで何か君にメリットあるの？

と、その時、信介は初めて質問した。舞衣はきょとんとした顔でこう答えた。

——だって、シンくん、解散後は現場ないじゃないですか？

でも、こうして一緒に暮らしていれば毎日が現場だ、だからもうそれで大満足なんだ、と舞衣は早口で語った。来月、推しのイベントがあるという心の支えがあるだけで、私たちの生活は輝く。グループ解散後は朝起きると毎日血眼で、信介のドラマやバラエティの出演情報を検索した。正直、どんな番組に出るかは、さして問題ではなかったと舞衣は熱く語る。

——生存確認ですよ。公式が発表するシンくんの予定はシンくんが生きているという証明ですよね。私たちはシンくんの生存さえ確かなら、もうなんでもいいんですよ。シンくんが今日も元気でご飯が食べられているか、それさえわかれば、正直、ほかのことは二の次というか。私はそれを毎朝確認可能な立場にいるから、この特権を良きことのために使いたいんです。

逆説的に、お前のキャリアなんてもう死んでいる、と言われたみたいで、涙が出そうになった。

推しの配偶者の顔を見るのが苦痛なファンもいるだろうから、最大限、みんなの気持ちには寄り添うつもりだ。舞衣にとって彼女たちは自分の分身でもある。そのためには共演にはいくつかの工夫が必要だから企画書を出します、とてきぱき述べた。新庄と舞衣はそりが合う。一時期はデキているのではないか、と不安になったが、同世代で行動力があるアイドルファンという意味で、二人は同志だったのだ。

——変わっててエネルギーがある女に振り回される優しいイケオジって、一番、愛されると思うんですよね。

そんなことくらい、信介が誰よりもよくわかっている。妻とともにバラエティに進出すれば、確実に結果を出せるだろう。生真面目で一本気で、それなのにどこかすっとぼけたところもある舞衣は、大衆に爆発的に愛されるキャラクターだ。今日まで見つかっていないのがそもそもおかしい。

——シンくんの好きなところですか？　ルックスに反してまったく目立たないところですかね。でも、目立たない中でもやれることをやれる範囲で頑張っているところが好きです。

と新庄に答えた時、彼は舞衣の人気を確信したのだそうだ。

ただし、舞衣が有名になれば、自分は永遠に添え物になる。添え物なだけではなく、たぶん笑われるし、舞衣の若さと変人ぶりで、こちらの加齢と無個性が強調される。舞衣が自分を褒め称えれば褒め称えるほど、オタク特有な誇張した語り口のせいで、現実の落ち目の自分とのギャップが笑いを誘う。セット売りだけはどうしても避けたい。それを選べば、せいぜい洗剤か調味料のCMに夫婦で出演するのがせいぜいで、それ以上の成功は見込めない。俳優としての復帰は絶望的だし、知性派の称号ももう未来永劫得られない。イロモノの両親のせいで、薫はいつか必ず、同級生にバカにされる。

思い出しながら、さっきの舞衣の言葉で、心は決まっていた。

今の信介には、話題性のあるMCワンオペがどうしても必要だ。MCワンオペには、何も望まない。出演を承諾してくれさえすれば、それでもう勝ちは見えたようなものだ。政治でも経済でも芸能ニュースでも、あの語り口でぺらぺらしゃべりつづけてくれるだけでいい。自分はあいづちを打ち、時に暴走をたきつけ、やれやれといった合いの手で「奔放な素人に手を焼きつつも、優しさを忘れない女性の味方」を演出、MCワンオペの理解者を演じる、それだけで社会派に見える。

薫の頭をそっとなでて、ゴボウ茶を飲んだ後、信介は小雨の降りしきる中、一時間半のジョギングに出かけた。

「それは困りますよ。僕が彼女を必要としているんですから。ワンオペ探しには協力しますがね、彼女と最初に共演するのは僕でなきゃ。だって、ワンオペをこの世界の誰よりも早く見つけたのは、僕ですよ？」

憮然とした様子で、しげるはこう言った。信介はしばらくの間、言葉を発せなかった。もはや、日本で一番有名になってしまった新百合ヶ丘のあのファミレスから通りを隔てた、はす向かいのサイゼリヤを、しげるは待ち合わせ場所に指定してきた。信介が番組終了後に駆けつけ、二人でこうして向かいあっている合間にも、テーブルの横の窓からしげるは目を離さない。視線の先には、しげるとＭＣワンオペが口論していた店のあの席が見えた。もしかしたら、同じ場所にまたワンオペが現れるかもしれないから、こうして毎日、ここから見張っているのだという。炎上のせいで、向こうの店は出禁になってしまったのだそうだ。

信介が意を決して、しげるのちゃんねる概要に掲載されていたアドレスに、ＭＣワンオペの居場所を突き止めたいので協力してもらえないか、というメールを送ったところ、思いがけず向こうの方が乗り気で、時間と場所がすぐに決まった。もう恥や外聞などにかまっていられないので、しげるが頼んだデキャンタの赤ワインが到着するなり、舞衣を調査する時に頼んだ千駄ヶ谷の私立探偵に、すでにＭＣワンオペの身元調査依頼をした旨を説明した。確定情報があればスマホを通じて逐一連絡が来ることになっている。こちらの持っている情報も共有する代わりに、しげるさんの覚えているあの人の特徴や、あの動画に映っていないことが何かあれば話して欲しい、もちろん金銭的なお礼もする、と懇願するなり、しげるは、どうしてそこまでして会いたいんだ、と怪訝な顔をしたので、番組に出演させたいと正直に打ち明けた。ハットを目深にかぶり、サングラスをかけ、青いストールを何重にも巻いた信介を、しげるは改めてじろじろと眺めた。

「でもねえ、あの人は、あなたみたいなとり澄ました芸能人には、合わないんじゃないでしょうか。僕が相手だったから、あんなに気さくにペラペラ話せたんでしょうよ。ワンオペさんの能力を引き出したのは、僕ですからね！」

ドリンクバーのアイスティー以外、信介は手をつけるつもりはなかった。生ハムやサラダなど、低糖質なメニューもあるにはあるが、塩分が高すぎる。エスカルゴの油を飛び散らせながら、しげるはさらにまくしたてた。

「ＭＣワンオペを一番必要としているのは、あなたじゃなくて、この僕ですよ。ＭＣワンオペを僕の YouTube の相方にして、再出発するつもりです。それしか、もう僕に残された道はないので。もちろん、ワンオペ探しは協力するけれど、こっちの手柄を横取りするのはやめてもらえるかなあ。絶対にウケると思うんですよ。いつも喧嘩ばかりの世代が違う男女が、それぞれの価値観をすり合わせながら、だんだんとわかりあっていく姿をリアルタイムで発信するのって」

しゃあしゃあとした口調に、信介はあきれ果てた。しげるはデキャンタの赤ワインで油まみれのかたつむりを流し込む。酒を好む若くない男というものが、信介はアイドル時代から大の苦手だった。毛穴が開ききっていて、その無数の穴から皮脂がそれぞれ意思を持っているかのようにひっこんだり、顔を出したりする。しげるが口を開くと、これまで体内に蓄積されてきた焼酎や肉の腐臭がただよってくる。YouTube の動画はあまり顔が映らず、しゃれた邦画のようにソフトフォーカスになっているせいで、あまり彼の容姿というものが気にならなかったが、目の前にいるのはギラギラした肌質の初老の小柄な男だった。アルコールが回ってきたせいか、しげるがトレードマークのハンチングを無造作にとると、毛髪が薄く、不格好な形の大きな頭が覗いた。

先ほどから通路を隔てた向かいの席に座っている、金髪のメッシュが入ったふくよかな中年女がふとパソコンから顔を上げ、にこにこしながら、信介にではなくしげるに向かって手を振っている。

「あの人、誰ですか」

「恋人なんですよ。まだ四十一歳なんです。今、同棲中で。動画編集はみんな彼女がやってくれていて」

得意そうに、しげるは手を振り返す。女はニヤッとして顎を引くと、再び作業に戻った。

独居老人じゃないじゃん、という言葉をなんとか飲み込んだ。よほどネットに書き込んでやろうかと思った。しげるのそれなりの人気は、リタイア後の年金暮らしでも、パートナーがいなくても、工夫次第で豊かに暮らせるというライフスタイルの提案が、同じようなシニアに受けたためだ。小さなアパートで筑前煮をタッパーに作り置きしたり、シニア割で映画を見に行ったり、静かな川原で気持ち良さそうにサックスを吹いたり、クーポンを貯めてチェーン店で一人飲みを飄々《ひょうひょう》と楽しんだりする様子に洒落たジャズのＢＧＭを流した動画を、信介もいくつか見たが、正直なところ、ちょっといいな、と思えた。何もかも失っても、最悪、こんな風に生きていける、というセーフティネットをぽんと授けてもらったような気持ちになった。

しかし、ひと回りどころか、ふた回りは若い彼女を得意げに紹介するしげるを見て、信介は自分のことを棚にあげて、気分が悪くなった。こいつは嘘つきで、単に見せ方がうまいだけ。自意識が過剰すぎるせいで、同世代に相手にされず、友達もいないに違いない。しげるは自分は博識だと信じているようだが、作ったり食べたりする動画はともかくとして、ニュース解説や司馬遼太郎語りは、どれ一つとして本人から出た言葉らしいものがなく、退屈だった。

「お言葉ですけど、MCワンオペ、あなたのちゃんねるにでたがりますか？　言い方は悪いけど、あなたが勝手に動画をアップしたせいで、こんな騒ぎになって、普通に考えても、恨んでいると思いますよ。僕の番組に出れば、すくなくとも謝礼は弾むし、社会的にも評価されるわけだから、こっちを選ぶと思いますけど」

信介がそう言うと、頭皮が丸見えの頭がうっすらと赤らんだ。

「そうですかねえ。案外、今回のことで、もてはやされて、喜んでいるような気もするんですけどねえ、こういう女は。だって、動画の中で言っていることが本当なら、かなり悲惨な毎日じゃないですか？」

「悲惨？」

舞衣の言葉を思い出し、ぎくりとした。ワンオペの日常が悲惨ということなら、舞衣の日常もまた、悲惨ということになる。

「そうですよ、だって、働き詰めで育児だけの毎日で、楽しいことなんてないでしょ。せいぜい、ファミレスで酒飲むことだけが、息抜きなんだろうよ。シングルマザーなんじゃないの？　あんなに気が強くて、子どもに動画を見せっぱなしでなんとも思わないような母親なんだから、周りともうまくいかないんじゃない？　あの外見と年齢じゃ、この後、男に好かれることもないだろうし」

信介は唖然としてしげるを見つめた。動画で知る彼は、多少、古いところはあれど、カルチャーや音楽を愛する好々爺《こうこうや》だ。どうやってこの嫌な感じをうまく隠しながら、これまで配信を続けてこられたのだろうと、感心してしまう。同時に、ＭＣワンオペがあまり金銭的に余裕がない孤独な一人親であればいい、というのは、信介の願いでもあった。ワイドショーの視聴者たちが自分を重ね、またはちょっぴり同情しながら、応援できるキャラクターであってほしい。この時まで、ワンオペが裕福であるとか、配偶者がいるという可能性を一瞬も考えたことがなくて、信介は慌てた。ワンオペは本当に、カメラの前で全部真実を語っているのだろうか。あの子どもだって、実の子であるかどうかもわからない。

「僕はね、このワンオペをね、独居老人ちゃんねるに呼ぶ計画があるんです。ここから見える、あの席で和解の飲み会を配信するつもりなんですよ。ワンオペを連れてくれれば出禁も解かれるはずです。あの女の毎日の愚痴を僕が聞いてあげて、アドバイスを与えたら、すごくいい番組になるんじゃないですかね」

「それは逆効果じゃないかな。老害が被害者を捕まえて説教だって、また炎上しますよ」

もううんざりしてきて、氷がとけたアイスティーの飲み残しを一気にあおった。

「そんなことはないですよ。僕は育児の先輩だからね。役に立つ話はできる。ワンオペの機嫌さえとれば僕は許されるし、ちゃんねるに若者のユーザーもよびこめるはずなんですよ」

紅茶の香りがする冷水が、ウォータースライダーのように、指先まできんと届いた。

「育児の先輩？」

「ああ、大昔だけどね。女房が娘を連れて出て行ってからは、二、三回しか会っていないけどね。そうだな、もう三十歳くらいにはなっているはずで……」

「どうりで」

信介がニヤニヤ笑いながらつぶやくと、しげるは顔をしかめて、なんだよ、と聞き返してきた。

「独居老人とか哀れぶっているけど、みんな身から出た錆《さび》じゃないですか。どうせ仕事や趣味にかまけて、家庭を顧みなかったんでしょ。娘さん、父親が炎上しているのをどこかで見て、きっと、それ見たことかって思ってるんじゃないですか。あなたが自分のことしか考えてないから、周りは愛想をつかしたんでしょうね！」

アルコールが飲みたかった。声が大きくなるのを止められない。周りの家族連れがこちらを覗き込んでいるが、もうかまっていられなかった。

「あんたこそ、頭が空っぽのままおっさんになった、落ち目の芸能人じゃないか。若い女に目がくらんでファンを逃し、今こうやって必死で、新しい人気者に擦り寄ろうとしているのは、自分に何もないってわかってるからなんだろ。さもしい根性だよ」

言い返すしげるの顔が更に赤くなり、血管も浮き出しなんだか心臓がしゃべっているみたいだ。

聞き流そうと思ったが、酒臭い空気に酔ってしまったせいか、ふいに眼球の表面がブワッと熱くなった。

「でも、少なくとも、僕はすごく努力してる。できることを真面目にやってる。あんたなんか、最小限の努力で最大のものを得ようとしてるから、見てて浅ましいんだよ。だから、カメラの前で一人で飲んでいても、吉田類にも松重豊にもなれないんだよ！」

ちょっと一回おちつこ？　としげるの恋人が頼もしい口調で止めに入ってきた。しげるは肩を震わせて、座り直した。そのすべてが信介にはゆがんで見えて、ナプキンを重ねて掴み取り、瞼に押し当てた。周囲の視線とひそひそ声が気になって、スマホを引き寄せ、忙しなくスクロールする。とにかく心を落ち着けたい。誰かが自分を褒めてないか必死に検索して探すうちに、未だ炎上が収まらないＨＡＴＵが数時間前のツイッターの発言で、よりいっそう燃えているのが発見された。

――ＭＣワンオペさん、面白いよね。すげー好き。俺もコラボしたい。

と、軽い調子でつぶやいただけなのに、「テメエの不人気を人気者への便乗でごまかすな」「これまでバカにしてきた層にシレッと助けてもらおうとするの、老害極まれりって感じ」と集中砲火を浴びていた。考えることはみんな同じだった。ＭＣワンオペはいつの間にか、この世界の救世主、嫌われている男たちがこぞって手を伸ばそうとする最強の切り札になっていた。一人くらいＨＡＴＵを擁護している者がいないか探すうちに、探偵からのメッセージに気がついた。

――ご報告です。動画の女性が子どもにかぶせたキリンのトレーナーを拡大すると、ここにタグがうつっているんですが、プリント加工会社の社名がわかります。問い合わせたところ、このデザインのオーダー元として、都内の保育園が一件ヒットしました。おそらく保育園の行事で保護者がお揃いで着るためのトレーナーかと……。

URLによれば、ここからそう離れていないところにある認可保育園だった。今から行けば、退園時刻のコアタイムに間に合う。信介が急に立ち上がると、しげるがメニューから視線をあげ「どこにいくんだ」と、とがめるように尋ねてきた。言い淀んでいると「ワンオペのことならなんでも教えるんだ。僕とあんたは運命共同体なんだ」と真っ赤な顔で迫られた。

その保育園の門扉の前で、子連れの若い女に急に声をかけられた。

「あ、その人、しげるじゃないの？」

それを合図に、園庭にいた、子どもの手を引いた親たちがどんどん二人の周りに集まってきた。

「真木信介？　なにこれ、取材？　どっかでカメラ回ってる？　真木ってしげるの仲間なわけ？　なにしているか、わかってます？」

「あなた、しげるですか？　え、あなたのあの動画のせいで、メグムちゃんのママ、転園したんですけど？」

その中では比較的年かさの女がキツい口調で、しげるどころか、隣にただ立っているだけの信介までなじってきた。

「そうですよ。保護者会の役員、メグムちゃんママが抜けたせいで、シワ寄せは僕らが受けているんですけど」

一番若い男が眉をひそめると、今度は祖父といっても問題がないくらい年配の男が、どういうわけか、信介を睨みつけてきた。

「そうだよ、メグムちゃんのお母さんが、やるはずだったんですよ。七夕会の出し物の落語」

「え、あのひと、落語家なんですか」

驚いてそう問うと、年配の男は、血管を浮き立たせて、こう言い放った。

「はあ？　そんなわけないだろ、趣味だよ、趣味。メグムちゃんのお母さんの。だから滑舌が良いし、しゃべりが熟《こな》れてるの。もしかして、あの動画はやらせじゃないかとか八百長だとか難癖つけに来たわけ？　勝手に撮影して公開したくせに、よく言うよ！」

「ていうか、七夕会の出し物、どうしてくれるんですか？　あんたらのおかげでいちからやり直しですよ。やることは山のように増えているんですけど。いいですか、笹と短冊、水風船、天の川風ディスプレイ」

あれ、今、ラップみたいじゃなかった？　信介はつい、しげるを振り返る。彼もあれっという顔をした。当の言葉を発した若い父親は、それだけでバカにされたと思ったのか、いきなり食ってかかってきた。

「あんたのワイドショー、全然面白くないよ。メグムちゃんのママ、あんたのお友達のせいで、新宿から藤沢店舗に異動になったんだからね。うちの娘もメグムちゃんがいなくて泣いてて……」

「僕たち、友達じゃないですよ。え、藤沢店舗って言いました？　あの人、藤沢で働いているんですか？　なんていう会社ですか？」

信介が勢い込んで聞くと、まずい、という風に彼は押し黙ったが、その子どもが「強くあるために今すぐできるルーティンがあるぅ！　はじめよう！」と叫んだので、慌ててその口を塞いだ。有名な化粧品メーカーのキャッチコピーである。自分の小鼻がふくらむのがわかる。

その時、信介の腕をかすめて、びしゃっとしげるの顔にぶつかったのは、半乾きの泥だんごだった。それはぱっくり割れて、しげるのTシャツに砂になって散らばっていく。思わず笑いそうになったが、今度は信介のジャケットで泥だんごが割れた。

「やい、子泣きじじいめ、おぎゃあおぎゃあと泣いてみろ！」

顔をくしゃくしゃにゆがめた浅黒い肌の男の子がバケツを手に、二人の目の前に立ちはだかっていた。親たちがきつくののしる様を見て、この大人は攻撃してもいい、と判断したらしい。続いて、女の子の一人が丸めたボール紙のようなもので、しげるの尻をバシッとぶっ叩いた。見た目よりも痛かったらしく、しげるは甲高い悲鳴をあげた。目を白黒させる彼は確かに子泣きじじいにそっくりで、信介は吹き出した。

「横のねずみ男も、一緒にやっつけちゃえ！」

咄嗟に周囲を見渡したが、それらしい人物がおらず、ねずみ男が自分を指す、とわかった信介は、ショックで頭が真っ白になった。若い頃もてはやされた容姿を絶対に損なうまいと、現在もトレーニングは怠らず、美容医療にも投資は惜しまない。いくらなんでも痩せすぎてて貧相じゃない？　肌がカサカサで目が落ち窪んできた、とネットで揶揄されても、低糖質と決めていた。

世間は、不摂生を続けているようなベテラン俳優たちを色気があるとか渋いなどともてはやすが、信介はとにかく脇目もふらず、愚直に続けられることを続けるしかなかった。

「おい、真木、逃げるぞ！」

園児が追いかけてくる。その中にはキックボードに乗っている子どももいる。後ろの親たちは笑っていて、まったく咎める様子がない。今まで一度も歩いたことがない住宅地を並んで走るしげるの横顔は、後ろの子どもたちと同じようにまた、真顔だった。

舞衣にはLINEで今日は遅くなると告げた。

新百合ヶ丘の駅ビルのユニクロで替えの服を買い、それぞれトイレで着替えた。選ぶのが面倒で同じ黒いTシャツとチャコールグレーのカーゴパンツを買ったせいで、なんだかお笑いコンビのようになってしまった。先ほどの出来事がお互いにショックなことが、言葉に出さなくても伝わってきた。彼と別れたら、なにも出来なくなってしまいそうで、自然と寄り添って歩いた。行き先は一つしかなかった。電車に乗ることは一度考えたが、信介というよりしげるが有名になりすぎていて、さっきのようなことがまた起こらないとも限らない。

信介は駅前でレンタカーを借りることを提案した。

「免許もってたんだな。あんたみたいなスターは、お付きが運転するとばかり」

トヨタの助手席に乗り込むなり、しげるは媚びるように言った。

「グループが解散した時に、慌てて免許をとったんです。これから俳優業に進出するにあたって、絶対に運転はできた方がいいって。まあ、運転するような役はもらえなかったけど」

こんな時間に車を走らせたことなどない。薫や舞衣を乗せてドライブに行ったこともなかった。なんとなく、家族で外出するのはファンにとって嫌な行動ではないか、と控えていたのだが、今日一日ウロウロしただけで、自分に群がる人間などいないし、そもそも、もうファンなんて存在しないし、すべて先回りのとりこし苦労だったのかもしれない。ジム通いとジョギング、一日十時間の睡眠で容姿を保つために、育児には今日までノータッチでやってきたが、みんな無意味だったのか。周囲には線路とマンションしかないのに、窓から吹き込む風に海の気配がする。さすがに息苦しいので、ストールとハット、サングラスを後部座席に片手で投げ捨てた。

「ワンオペに限らず、今の親はみんな口が達者だな。全然噛まないし。みんな、俺よりよっぽど配信に向いているよ」

ぺらぺらしゃべっていたしげるの言葉がふいに途切れた。信号待ちのタイミングで横を見ると、肩を小刻みに震わせ、かすかにすすり泣いていた。

「どうして、俺たち、好かれないんだろうなあ」

「あなたと一緒にしないでくださいよ」

「いや、同じだよ。あんたも俺もさ。こう見えて……やれることはみんなやろうとしてるじゃないか」

しげるのカーゴパンツにぽつりと染みが広がった。

つい、アイドル時代のくせで彼の肩を抱き寄せ、ぽんぽんと叩いてしまって、信介は自分が悲しくなる。アイドル同士のスキンシップをファンはとても喜ぶから、同性に手を伸ばすくせがついてしまった。今の感覚だとセクハラだから、気をつけないと。しげるを見ると、喜ぶどころか、ひっと呻いて身を固くしている。舞衣のような人間が見たら、何かしらの美点を見出す光景かもしれない。

「いいよなあ。MCワンオペは、あんなに愛されてさ。みんな絶対にワンオペの名前と身元を明かそうとしないじゃないか」

「それはきっと、彼女がスターだからですよ」

信介が言うと、それっきり、しげるは黙り込んだ。

藤沢駅から歩いてすぐの場所にある商業ビルは、一階に個人の喫茶店、パン屋、シニア向けのアパレル、質屋が入っていて、どれにもまったく客の姿がなかった。その中でも、通り過ぎても気づかないほどの小さなスペースに、化粧品メーカーのコスメカウンターはあった。店員はもちろんおらず、しばらく待って、ようやく、二十代前半くらいの制服を着た女が段ボールを持って現れた。

「あの、ここに新宿店から異動になったばかりの社員さんがいるはずなんですが」

しげるが声をかけると、女はこちらを見上げ、何故か自分の長い爪を眺めて、しばらくマニキュアにかちかちと触れた後で、視線を合わせずにこうつぶやいた。

「すみません、このビルの裏まできていただけますか？」

揚げパンの香りが充満したそのバックヤードには、七夕の飾りらしき、ビニールの笹がついたフェイクの竹が立てかけてあって、信介はさっきの保育園でのやりとりを思い出していた。背後の暗がりで声がした。

「あんた、あのYouTuberだよね。先輩、うちの店舗に来たんですけど、お客さんの何人かにネットで話題になっているあの人って聞かれて、あんまり聞かれるから、とうとう総務部から、売り場離れろって内示があったんですよ。先週から工場勤務になったんですけど。子連れの転勤なんてかわいそうすぎて、なんかもう」

「あの、失礼ですけど、その工場っていうのは、どこに……」

しげるがへこへこしながらそう問うと、女は火をつけたばかりのタバコをこちらの足元に投げ捨てた。あっ、としげるが飛び退く。

「言うわけないでしょ。誰が言うか。バカじゃないの。殺されたいか。殺すぞ、この野郎」

暗闇から現れた女の目はぎらぎら、燃えている。いきなり爪をはがしはじめたので、信介としげるは後ずさった。例の爪は付け爪だったらしい。

「先輩には何年か前、研修の時にめちゃくちゃ世話になったからね。あんたらの魂胆はわかってんだよ。先輩のこと矢面に立たせて、それで、見世物にして自分らは高みでお金稼ごうっていうんでしょ。あんたたちは自分の考えとか意見をはっきり言うと、批判されたり笑われるってわかっているから、先輩をイジってレフ板にして、自分らを高見えさせようって魂胆なんでしょ。おいこら！　待て、このクソが」

女はそうまくし立てて、しげるのTシャツの襟元を破れるほど強くつかんだ。

「客に暴力を振るうなんて問題だろ！　クビになるぞ」

しげるは声を振り絞ったが、女はしげるから手を離して爪をすべて外し終えると、すぐそばのビニール製の竹を両手で握りしめた。どうやら販促のための笹かざりのようだ。

「あー、もう、子どもがいる女を冷遇する、クソみたいなこんな会社、どう思われたっていいわ！　先輩もいないし！　どうせ長く働けないし！　アンタをぶん殴って自分からやめてやるよ！」

女はビニールの竹を頭の上に掲げると、足を大きく広げ、風車のように、ゆっくりと回転させ始めた。信介は咄嗟にしげるの前に立ち塞がった。偽物の笹がぴらぴらと揺れている。

子どもの字で書かれた短冊が視界の隅にちらりと入ってきた。

——おかあさんがきたろうにあわせてくれますように。

「ゲゲゲの鬼太郎」の絵が添えてある。もしかして、ワンオペの子どものものだろうか。

自分たちがワンオペを頼るのはもう無理だ。すでにこんなに大勢に頼られているワンオペにすがろうというのが、そもそもの間違いだったのだ。

ワンオペの後輩は「てめ、逃げんな」と叫び、今度は信介に向かって竹を振り下ろそうとした。

その時、信介の前に何か黒いものが飛び出した。


七月に入ってすぐに、番組の打ち切りが決まった。九月の改編期に、例の女性アナウンサーをメインにして番組タイトルを変えて、再スタートするのだという。アシスタントには、若手男性芸人を据えるそうだ。そっちの方が今の時代にあっているかも、と信介はさして傷つかずに思った。

　控え室の鏡で、今日のメイクをチェックする。ドーランをいつもより丁寧に塗り、落ち窪んだ目の周りを、さらに暗いアイシャドウで引き立てる。インカムマイクを取り付け、顔の周りにストールを巻き直すと、背中を向けてそれぞれ鏡を覗き込んでいる、しげるとＨＡＴＵに、そろそろ時間だと促した。

　園やメグムの母親に迷惑をかけたことは謝る、もうメグムの母親を金輪際探さないし、コンタクトはとらない。決して迷惑はかけない。反省している。せめてものお詫びとして七夕会の出し物をやらせてもらえないか、と園長に何度も頼んだのは信介だった。しげるのことは好きではないが、彼の言うとおり、信介としげるは似たもの同士だ。才能も人望も若さもない。だけど、やれることは正しくなかろうと全部やる。そんな仲間は世界中で彼だけだった。

　ＭＣワンオペの後輩が振り回したフェイクの竹から信介をかばおうとして転び、コンクリート床に上半身をしたたかに打ちつけたせいで、サックスを抱えて少し前を行くしげるの頭はよりぷっくりと盛り上がって見えた。

　三人が控え室として与えられた園児のお昼寝用の部屋を出て園庭に現れると、その場は一瞬、しんと静まり返った。しかし、その出で立ちに気付くと、法被姿の子どもたちのどよめきと歓声が身を包んだ。信介はねずみ男、しげるは子泣きじじい、そしてＨＡＴＵは鬼太郎の扮装で下駄を鳴らして、すのこで作られたステージに上がっていく。中央には新庄によって運び込まれたミキサー機器や音響器具が設置されている。それぞれの衣装は信介が知り合いのデザイナーに発注して急いで作らせたクオリティの高いもので、子泣きじじいの蓑《みの》にも本物の香ばしい藁が使用されている。

——僕のこと、もうお忘れかもしれませんが、昔、楽曲を提供してくれたグループにいた、真木信介です。「ゲゲゲの鬼太郎」と「SAMURAI TUNE」のマッシュアップ演奏をお願いしたいんです。僕はもちろん歌とダンス、YouTuber のしげるさんはサックスが吹けます。

藤沢から帰宅すると、勇気を出してＨＡＴＵにそうＤＭを送った。

——ＨＡＴＵさん、笑われたくない気持ちを捨てない限り、僕たち、もう上がり目はないと思うんですよ。一回、気取りを捨てないと。初心にかえって、自分たちだけの力で、まずは面白がってもらうところから始めないといけないんじゃないんですか。

ミキサー機器に屈み込む、中年太りの身体にちゃんちゃんこは意外とよく似合っている。あの懐かしいイントロが流れ出すと、身体は勝手に動き出す。突然、上半身を上下左右に回して踊り出したねずみ男に、子どもたちの親の何人かは悲鳴に近い歓声をあげ、誰かがシンくーんと絶叫した。

やっとわかった。ＭＣワンオペが特別に才能がある訳ではないのかもしれない。必死で生きている人から発された言葉はみんな熱を持っている。それに偶然が重なって、たまたま既存の音楽と調和がとれただけだ。

もう決めた。舞衣の言葉に甘え、夫婦でテレビでも何でも出よう。そうやって金を稼ぎ、薫を立派に育てあげる。いじられる親かもしれないが、すくなくとも誰かを頼って安全な場所にとどまる親ではないことは、わかってもらおう。笑われる、笑わせる。その線引きをするのは、しげるや信介ではなく、おそらくどんな小さなステージにも、もしかするとこの園庭にも潜んでいるはずの、スターを決める神様なのだから。

♬ゲッゲッ　ゲゲゲのゲー♬
♬負け戦確定でも　俺らはいくさ　この夏はサムライ　サマーライズ　ラップマシーン

楽曲提供された時はかっこいいと思えた歌詞だけど、今だと恥ずかしくて聞いていられない。それでも、親たちはみんな懐かしそうに身体を揺らし、子どもたちも踊り始めている。ＨＡＴＵがニヤッとして音楽に身を委ねているのが嬉しくて、信介は思いっきり高く足をあげた。しげるの奏でるサックスが青空にこだまし、たくさんの願いが書かれた短冊を下げた本物の笹が、風にさらさらと揺れている。

スペシャルサンクス

藤原和希様（label X）
星部ショウ様

参考文献

『最新解説　ラーメンの調理技法　人気店の仕込み・味の構成・考え方』
旭屋出版編集部編（旭屋出版）

『Xジェンダーって何？　日本における多様な性のあり方』
Label X編著（緑風出版）

初出

めんや　評論家おことわり
「小説新潮」2023年3月号

BAKESHOP MIREY'S
「小説新潮」2019年7月号

トリアージ2020
「小説新潮」2020年11月号

パティオ8
「文藝」2020年秋季号

商店街マダムショップは何故潰れないのか？
「小説新潮」2022年3月号

スター誕生
「小説新潮」2023年7月号

＊「パティオ8」は『覚醒するシスターフッド』（河出書房新社・2021年2月刊）を底本にしました。

なお、単行本化にあたり加筆修正を施しています。

柚木麻子（ゆずき・あさこ）

1981年東京生まれ。2008年「フォーゲットミー、ノットブルー」でオール讀物新人賞を受賞し、2010年に同作を含む『終点のあの子』でデビュー。2015年『ナイルパーチの女子会』で山本周五郎賞を受賞。ほかの作品に『私にふさわしいホテル』『ランチのアッコちゃん』『伊藤くん A to E』『本屋さんのダイアナ』『マジカルグランマ』『BUTTER』『らんたん』『ついでにジェントルメン』『オール・ノット』などがある。

あいにくあんたのためじゃない

著　者　柚《ゆず》木《き》麻《あさ》子《こ》
発　行　2024年3月20日

発行者　佐藤隆信
発行所　株式会社新潮社
郵便番号162-8711　東京都新宿区矢来町71
電話　編集部(03)3266-5411
読者係(03)3266-5111
https://www.shinchosha.co.jp

装　幀　新潮社装幀室
印刷所　大日本印刷株式会社
製本所　加藤製本株式会社

乱丁・落丁本は、ご面倒ですが小社読者係宛お送り下さい。
送料小社負担にてお取替えいたします。
価格はカバーに表示してあります。

ISBN978-4-10-335533-5 C0093